散文里的改革开放四十年

秋声

和谷《人民日报》版散文集

和 谷 ◎ 著

陕西师范大学出版总社

图书代号　WX17N1383

图书在版编目(CIP)数据

秋声:和谷《人民日报》版散文集 / 和谷著. —西安:陕西师范大学出版总社有限公司，2018.1(2019.11重印)
ISBN 978-7-5613-9719-0

Ⅰ.①秋… Ⅱ.①和… Ⅲ.①散文集—中国—当代 Ⅳ.①I267

中国版本图书馆CIP数据核字（2017）第317447号

秋声：和谷《人民日报》版散文集
QIUSHENG HEGU RENMIN RIBAO BAN SANWENJI
和谷　著

责任编辑 /	张建明　高红艳
责任校对 /	徐　娜
封面设计 /	鼎新设计
出版发行 /	陕西师范大学出版总社
	（西安市长安南路199号　邮编710062）
网　　址 /	http://www.snupg.com
经　　销 /	新华书店
印　　刷 /	西安市建明工贸有限责任公司
开　　本 /	787mm×1092mm　1/16
印　　张 /	13
字　　数 /	145千
版　　次 /	2018年1月第1版
印　　次 /	2019年11月第2次印刷
书　　号 /	ISBN 978-7-5613-9719-0
定　　价 /	38.00元

读者购书、书店添货或发现印装质量问题，请与本社营销中心联系。
电话：(029) 85307864　85303622 (传真)

目录
CONTENTS

高原行旅·001
钻工们的家·004
延河的声音·007
流云·010
音石·013
美人蕉·016
阳台·020
温泉·023
皂角树·026
煤黑子舞步·029
流凌·032
秦二世之墓·035
去延安·038
清水关·042
哈密——丝路笔记·046
花土沟·051
今日南泥湾·057
赵望云三徒弟·061
淳化风·065
我写"铁市长"·078
寻谒柳青墓·084

088・过日喀则
091・西藏散记
097・秦岭论语
103・锄头与鼠标
105・归园札记
110・"磨刀石"精神
123・故土人脉
127・西安道北
132・白喜事
136・铜官窑题诗
140・仕与文学
143・卧龙与青龙：吴道子与李商隐
148・最后的驴
151・库布其，绿色琴弦
167・傍晚村景
171・关山行
173・故园石羊
177・乡野秋声
182・耕读传家
187・渭河流淌
193・田间话絮
196・将军山遐想

201・后记

高原行旅

旅途生活，在我的印记中是寂寞的。可这回行脚于陕北高原，使我感到特别有意思。时而盘旋于馒头似的山岭，时而跌落于深幽的沟壑，时而长驱于狭窄的川道，其变幻无穷，景致异迥，令人目眩。

在陕北高原上，除了偶尔从头顶掠过的客机，最现代化的交通工具恐怕就数汽车了。三边的盐，延长的石油，瓦窑堡的炭，还有塞上的毛皮，已从一部分脚夫赶的毛驴、骡子、骆驼的背上，转移到了各类牌号的汽车上。而打远赶集、串亲、逛县城的庄稼人和远途的旅人，就指望往返还算频繁的公共汽车了。

远路来的旅人，随便问起要去的路，就会有人热心地详细指点。偏僻山沟里的人，头一回搭上车，不免感到新奇，眼里闪着惊喜的光。有时显得冒失，甚至不知道怎样打开车门，同车人的取笑也总是善意的。一位披老羊皮袄的老人，买票的动作很缓慢，一双青筋暴鼓的茧手,从内衣里掏出布包包,仔细地打开,笨拙地数着钱,颤巍巍地递过去,然后坐在行李上默默地抽旱烟袋。

陕北高原有些地方人口较稀少,长途汽车站与站之间的距离较长,为了便民,操着陕北口音的司机,喜欢常停下车来"捎脚"。有的是相识的,有的则是陌生人。只要车子没有超载,凡人扬手招呼,司机都乐意停车。似乎,沿途处处是站,处处有相识的亲人。

这天,我坐的汽车沿途停了三次。

山岭上,一个拦车的老人挡住了车,向背洼洼里直吆喝,一个年轻婆姨许是老人的儿媳,抱着娃娃跑来上了车。老人的老伴儿也跟着跑过来,手里扬着红头布。车开动了,不料老人的老伴儿又从小路上跑来,手里扬着一个小包裹,于是车又停下。等老大娘把包裹递给车上的儿媳。当拦车老人同老伴儿招着手,为走娘家的儿媳送别时,感激司机的神情在脸上闪着。

车子刚趟过一道滚水桥,抱着两条涸润的辙印又停下了。司机下了车,帮一个提着手扶拖拉机轮胎的后生上了车。是拉化肥的手扶拖拉机半路抛锚了,这后生是急着去镇上修理的。

后来,又有一个衣着整洁的年轻女人挡车。上车后,兼管售票的司机问她去哪儿,看去挺文雅大方的她,却"呀呀"地说不清话。噢,是个哑巴。她把手伸到靠门口的后生面前,在掌心比画了两个字,原来是去佳县的。

司机笑着，一手操着方向盘，一手接过转递来的车票钱，答应到站给她补票。哑女似乎听懂了，嬉笑着，揩着鬓角的细汗，掏出苹果让车上的人们尝鲜。

　　沿途车子停得多了，有的旅客会发出埋怨的叹息，可司机总解释着，尽可能给大多数乘客以方便，准时到达各站。大多数旅客不仅能体谅这种情况，而且对司机同志从内心深深地赞许着。谁能没有过候车的急切感受呢？

　　车子又飞上高高山岭，贴着山脊在疾驰。脚下，是质朴、敦厚的黄土，是贫瘠而宝贵的土地。远处，黛色的、褐色的、晶白的公路时隐时现，细练般萦绕在波谷浪山之间。汽车变得小了，轻舟似的浮荡着，浮荡着。

旅行于陕北高原的吴旗一带，走不到三里五里地，总可以看见一座与当地住舍的情调迥异的院落。它是油田钻井队的列车式帐篷，钻工们的家，或泊在沟壑深处，或栖于山峁之巅，总围拢成一个船的模样，紧紧贴住有着雄沉气度的高原大地。

顺着发白的小路朝山峁走去，路的尽头便是个悠然的庭院。狗儿汪汪地咬了，钻工们的小儿女们用惊喜又陌生的眼睛迎迓远方来的客人。

庭院静悄悄的，有晾晒的工作衫和花衬衣在风里抖动。最惹眼的，算是满院鲜丽的花草了。来自远方的客人，认不出它，只是赞叹不已。钻工的小儿女们凑了上来，告诉客人这些他们最熟悉的花草的名字——"蒿草梅"。

静谧的芬芳中，有一种隐隐的雷声传来。抬眼望去，蓝天白云依旧疏朗朗的。那是高高的钻塔，在另一座山峁上轰响着。这里的主人，正在那儿的钻台上汗涔涔地劳作，探寻大地的血脉。只要开了钻，井打不到油层上，是昼夜不歇气的。往往没有星期天，没有节假日的。到了紧火处，还得连轴儿转，几天几夜睡不了觉。雪天雨天，热天冷天，钻声始终是那样高亢深沉的一支歌。

三班倒的钻工们，呼吸着蒿草梅的馨香，浸入这帐篷里的梦乡。不用相约，几乎在同一分钟，几扇帐篷的门开了，戴着铝盔的钻工们走出来，乘卡车到钻塔去上班。一阵工夫，卡车声又愈来愈近，下班的钻工们归来了。

庭院里，一时有拍打泥尘的响声、洗刷声，小伙子们敲碗筷的响声，以及叫唤孩儿吃饭的喊声。当客人在茶饭间打问这里的伙食，钻工们会告诉说："平时挺好，遇上夏雨冬雪，车子上不来，就没准儿！得下山去背粮食，用碗盆接雨水，或者化雪吃。要么就断顿儿。"

饭后黄昏，是一天中顶热闹的时分。在紧张而强度很大的劳动之后，帐篷与庭院，是体力与精神得以调节和缓冲的处所。有石油姑娘的歌，有小伙子的琴声，或是围着下棋的喧吵和快乐的酒令。有放鸽子的，看闪亮的翅膀溶融入远天。有浇花的，是用旧铝盔栽种的蒿子梅，置于帐篷内，同庭院里的一样呈现其红的、黄的、白的色彩。

这儿的双职工不多。有的女人是来探亲或干服务队的家属，各自的老家也天南海北。住处紧了，一张帆布隔为两个甜蜜的家。帐篷里偶尔传出婴儿的啼哭，是诞生在这里的新的生命,是石油工人的未来。

　　这开满蒿草梅的庭院,是临时的,打成一口井就搬一回家,这庭院又是永久的,总是列车式帐篷围拢而成,可以泊在高原的任何一块土地上。也总是帐篷扎在哪儿,蒿草梅花儿便开在哪儿。它们像石油工人一样,到处可以开花,到处给生活增添美意。

1984年1月16日 星期一 第八版

人民日报

大锅朝天空悠悠

延河的声音

他没有离去

——痛悼胡果刚同志

保尔·柯察金的魅力

怀导师

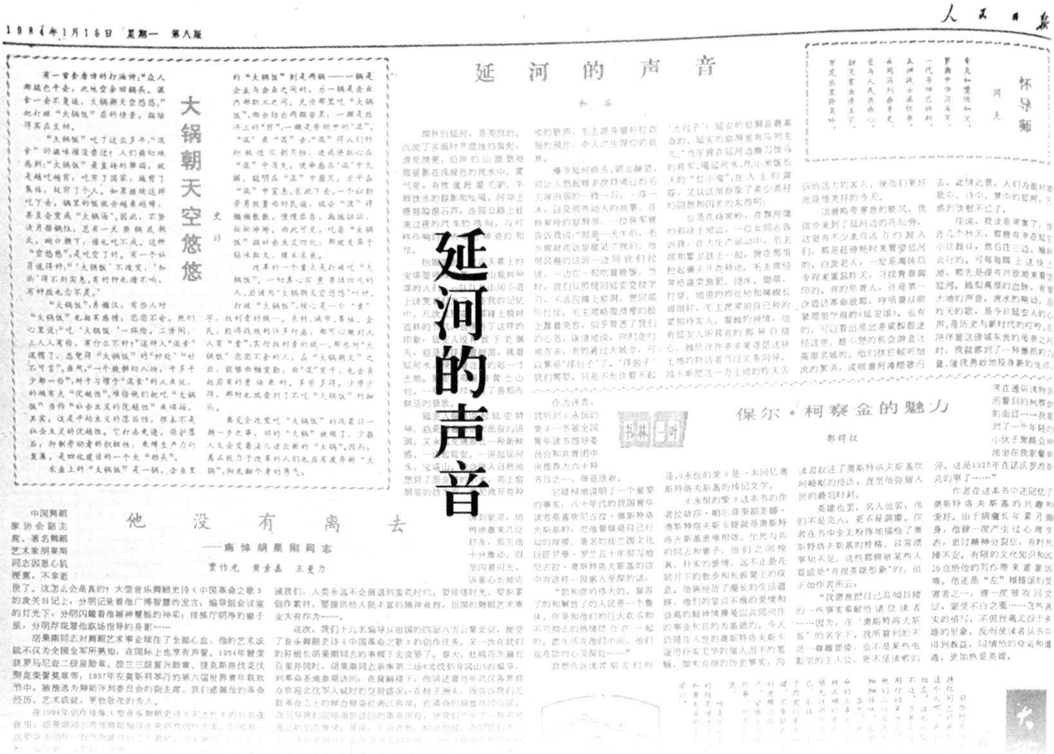

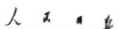

延河的声音

深秋的延河，是美丽的。沉淀了多雨时节混浊的黄泥，清亮清亮，沿岸的山原景物都显影在浅绿色的流水中。雾气里，有牧童赶着毛驴、羊群饮水的踪影和吆喝。河岸上箍窑的凿石声，连同公路上赶来过夜的汽车的鸣响，与叮咚作响的河水奏出神奇的和弦。

抬眼望去，衬在天幕上的宝塔显得很庄严。上山栽树种草的人们，一队队从山间小道上谈笑着归来了。在我的记忆中，几次来延安，都碰上植树造林的节气，也便有了这样的印象：延安人没有放下老镢头，总是这样扛着树苗，挑着延河水，绿化着这里的每一寸土地。延安城周围的黄土山包，一年一个样，有了蓊郁而鲜活的景致。

延安人每当说起延安精神，总是用着自信和昂奋的语调，又永远充满那么一种新鲜感。一说起延安，一说起延河水、宝塔山，就会使人自然地想到了那金黄的小米,那土窑洞里的纺车声,南泥湾开荒种树的歌声,毛主席身着补丁衣服的照片,令人产生深切的敬意。

漫步延河桥头,朝北凝望,总让人想起曾多次拜谒过的毛主席旧居的一砖一石,一草一木,以及那些动人的故事。在杨家岭的窑洞里,一位将军曾告诉我说:"那是一天午后,毛主席就在这里接见了我们。他用风趣的话语一边同我们拉谈,一边在一起吃着晚饭。当时,我们从前线回延安党校学习,不适应蹲土窑洞,想回部队打仗。毛主席略微清瘦的脸上露着笑容,似乎看透了我们的心思,诙谐地说,你们走的地方多,有的进过大城市,可以算是'洋包子'了。'洋包子'我们需要,只是不允许看不起'土包子'!延安的窑洞是最革命的。延安的窑洞里有马列主义。"当年曾在延河边磨刀饮马的将军,喝延河水、吃小米饭长大的"红小鬼",在人生的黄昏,又从这里拾取了多少美好的回想和闪光的东西呵!

也是在杨家岭,在靠河渠的那块土地边,一位女同志告诉我,在大生产运动中,毛主席和警卫战士一起,曾在那里抡起镢头开荒种地。毛主席经常给蔬菜施肥、浇水、锄草、打芽。地里的西红柿和辣椒长得很好,毛主席常用自己种的菜招待客人。看她的神情,也有延安人所具有的那种自信心。她给许许多多来寻觅这块土地的拜访者当过义务向导,她不断把这一方土地的昨天告诉给远方的客人，使他们更好地珍惜美好的今天。

顶着略带寒意的晚风，我信步来到了延河边的花坛旁。这里有不少来自远方的旅人们，都是赶傍晚时来看望延河的。白发老人，一定是离休后专程来重温昨天，寻找青春脚印的。有的年轻人，许是第一次造访革命故都，哼唱着从前辈那里学得的《延安颂》。也有的，可以看出是出差或探假途经这里，趁小憩的机会游览这高原名城的。他们扶栏倾听细流的絮语，或顺着河滩踏歌而去。此情此景，人们为面对着歌中、诗中、梦中的延河，而感到欣慰不已了。

按说，我该是常客了，接连几个秋天，都曾有幸在延安小住数日，然后往三边、榆林北行的。可每每踏上这块土地，都是先很有兴致地来看望延河。她似高原的血脉，有着大地的声音。流水的响动，是昨天的歌，是今日延安人的心声，是历史与新时代的叮咛。在陪伴着这傍城东流的母亲之河时，我就感到了一种激昂的力量，催我勇敢地投身新的生活。

在西安街市的小巷里，你会偶尔看见三个两个掮着弯弓的人走过去，浑身沾满了棉绒的斑点，脚步总是匆匆的，匆匆的。他们是弹棉絮网被套的手艺人，来自异乡，在急急地寻找活儿，或是赶往寄居的住所。有时候，会有一阵弄弦的音响从街巷深处或院墙内传来，音质那么铿锵，节奏又那么强烈，便是那些弹棉絮的手艺人在劳作了。

他们每来到一个院落，不用吆喝，只是坐下来等候活计。就凭那张巨型弯弓和家什，以及那身棉绒斑点，不用挂招牌，做广告，过往行人也会知道他们是干甚的。不一会儿，便有人打问价钱，商榷生意。谈妥了，弹花人瞅一片开阔些的僻背地面，即摆开了摊场。

出门人难。先得扮笑脸儿唤声"师傅"，借来几个方凳，支起梳子状的连花架子，便操起弯头的牵线杆儿绕底网。只见眼随弯头走，神与线同行，丝丝缕缕，经经纬纬,一阵工夫就编出各种几何图案的一张渔网似的底网来。此等情景,如春蚕吐丝,如蜘蛛织网,精细而富有妙趣。

  手艺人蹲在那里,将大包小包的破烂棉絮一把把地撕成碎片,拢到莲花架子旁去,然后操持那奇特的大弓,在胯部束上皮带,背上就竖起一根弯弯的枣木杆子,弓也便斜在了胸前,俨然是持弯弓射大雕的英雄。一手握弓,一手拣起木槌撞动弦子咚咚地响。老鼠似的棉絮疙瘩,及一切板结了地纠缠着的纤维,都迎着犀利遒劲的牛筋弦地颤动而拂动起来,纷纷消散,飞扬不止。随之而产生的音乐,铮铮地传播开来,悠悠地远去。倘若是两张弓子同时弹拨,更有一番交响乐的韵律,其和声的效果完全可以为现代舞蹈伴奏呢!

  末了,将弹好的棉絮用席子压平,用锅盖状的沉甸甸的土熨斗熨过,再织编一层网罩,用竹针缝了四周,即是一方绵软的网套了。一堆垃圾似的破棉絮,在弓弦的音响里,在线缕的交织中,竟变成了一方平整整软绵绵的被子。这不就是于卑微中蕴涵着可贵的一种劳作吗?

  他们到了哪里,那里就出现一团团云朵般的棉絮,而他们的行踪也如同棉絮似的流云飘忽不定。听口音,他们大多来自蜀地及江浙一带,有老有少,也有携妻带子的。平日在城郊农村租了住处,早出晚归,在街巷里觅活儿,从来没有星期天。

冬天来了，北风呼呼，他们的脸和手指经常冻得红扑扑的。不正是他们，年年月月地为人们弹着温暖的奏鸣曲吗？

流云 和谷

在西安街市的小巷里，你会偶尔看见三个两个肩着弯弓的人走过去，浑身沾满了棉絮的茸点，脚步总是匆匆的，匆匆的。他们是弹棉絮或被窝的手艺人，来自异乡。在急急地寻找活儿，或是赶往寄居的住所。有时候，会有一阵弄弦的音响从街巷深处或院墙内传来，音质那么铿锵，节奏又那么强烈，便是那些弹棉絮的手艺人在劳作了。

他们每来到一个族居，不用吆喝，只是坐下来等揽活计。就凭那张巨型弯弓和家什，以及那身棉绒茸点，不用挂招牌，作广告，过往行人也会知道他们是干甚的。不一会儿，便有人打问价钱，商榷生意。谈妥了，弹花人歇一片开阔些的僻背地面，即摆开了舞场。

出门人难。先得扮笑脸儿

唤声"师傅"，借来几个力凳，支起桃子状的莲花架子，便操起弯头的牵线杆儿拢底网。只见眼随头走，神与线同行，丝丝缕缕，经经纬纬，一阵工夫就编出各种几何图案的一张鱼网似的底网来。此等情景，如春蚕吐丝，如蜘蛛织网，精细而富有妙趣。

手艺人蹲在那里，将大包小包的破烂棉絮一把把地撕成碎片，找到莲花架子旁去，然后操持那奇特的大弓，在骑那束上皮带，背上就拴扎起一根弯弯的枣木杆子，弓也便斜在了胸前，俨然是持弯弓射大雕的英雄，一手提弓，一手抡起木槌撞动弦子咚咚地响。老鼠似的棉絮疙瘩，及一切粘结了的纠缠着的纤维，都迎着犀利遒劲的牛筋弦的颤动而挪动起来，纷纷消散，飞扬不止。随之而产生的音乐，铮铮地传播开来，悠悠地远去。倘若是两张弓子同时弹奏，更有一番交响乐的韵律，其和声的效果完全可以为现代舞蹈伴奏呢！

曾不止一次往返于古都长安遗址的铁炉庙村前，瞥见村后高地上一座威严的古殿堂。它被一块敦厚的土原托起，俯视周围的现代建筑群，显得颇为超脱。尤其是寺里悠扬的钟声，若远却近，久久地在村里回荡。

有一次与人闲谈，才知道它，是我向往已久的乐游原，自然要去拜访一番了。

偏是没有找上捷道儿，绕了个好大的弯，最后虽抬眼可望寺影，却因陡陡的土崖所阻而不能及。这自然是散步的好处了，路愈曲折，愈能品味其中的情趣。乐游乐游，不游能知其乐？

踏入寺门，心境立刻肃静下来。游人很少，草木萧疏，唯有造型狞厉，色彩热烈的寺殿直扑眼帘。没有鸟语，不闻风片，庭院寂然得如同一位入定的高僧。幸得有知朋相携，有离群索居于此的画者前导，解去了殿门口拦挡游客的红绳儿，充当一回特殊游客径直走入大殿。

据说，此寺院在唐长安城名气不小，传播佛教密宗颇有影响。在九世纪初至中叶，也就是日本平安朝时期，日本国入唐求法的所谓"学问僧""请益僧"往来长安者频繁。其中著名者为"入唐八家"，而空海、园行、园仁、惠远、园珍、宗睿是在此寺受法的。

握住那柄木制的圣锤儿，撞动那块当磬的石头，竟铜一般纯响，而瑟瑟的余音久久不绝。仔细辨认时，那是一块鱼状的矿物质，纹路不分横竖，银灰而暗褐，粗朴而柔美，圆润而棱角分明。人们在远处听到的奇妙的钟声，说不定就是这块石头的语言呢！

噢，它来自遥远的日本，名字也极好："音石"。关于佛教哲学，以及对儒家与道家文艺观的影响，对民族传统文化的渗透，音石之声作何思辨？在不同的时间空间，当被人敲击的时候，它在解释着这个多变的世界、丰富的自然、不灭的生命的一些什么课题？这都令人百思不厌。

寺院外，冬麦青青。原畔上，徜徉着色块对比强烈的奶牛。星星点点的一群小鸟儿，树叶一样翩然翻飞。远处浩渺烟氲，皆是都市城街。与诸君伫立原头，说古论今，不觉额头上被悄悄抹上了一片迟暮的太阳。

也真巧，触景生情，是谁吟起唐人李商隐千古佳句："向晚意不适，驱车登古原，夕阳无限好，只是近黄昏。"

总是黄昏。黄昏里，却歌咏于乐游原的厚土之上，归去时，寺声相送，一定是那块异域之石的音响了。

美人蕉

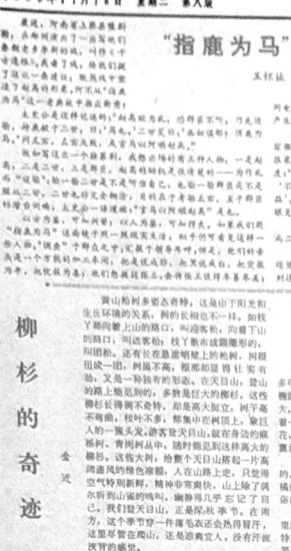

美人蕉是一种四季开放的多年生草本花木。有绿色的长椭圆形叶片，因互生而格外硕大，那羽状叶脉似在常常颤动着一个飞翔的梦。有鲜红色的花，红得鲜得可以照亮一方寂寞清静的空间。

还有另一种叫大花美人蕉的，自然是花大而艳，呈深红、橘红、深黄或乳白色，很显拔俗超群。

我没大注意过花坛或公园里的美人蕉，是一般品种还是特别的大花美人蕉，这都无关紧要。对于我来说，它只是一个引子，而思维早已翩翩于别一处境地了。

很久时间了，记得是一个秋天的日子吧，我偶然间结识过一位按摩医生。他是个盲人，四十来岁，是被传说为可以治疗百病的按摩大夫。那天，他的诊室里涌满了患者，大有门庭若市的盛况。扭了脚脖儿的，闪了腰杆的，歪了颈骨的，经他干瘦粗糙的手稍事爱抚，病痛即消除，患者可以抬起头颅或挺直腰身或脚踏实地地走到屋外的秋阳下了。其他痛症，经他按摩，也能收到良好效果。他一边按摩，一边还絮絮叨叨地叮嘱着什么，患者下床来，他会弯腰去摸床下的鞋子给患者穿上，亲人一样关切。

我尽管不是他的病人，却同样对他顿生敬重之情。或者说，是因为他没有一双晶亮的眼睛而越发令人爱怜不已。周围的世界，也许对他来讲只是一个朦胧的梦，而他却十分珍重地对待着如梦的现实。似乎是一个闭目冥思的哲人，用双手触摸着生活，修整着错位的或破碎的人的骨骼及灵魂，探索着生命的奥秘。他失去了明日，是以心的眸子理解周围的一切的，当然也凭借着听觉、嗅觉和感觉。

下班的时候，有戴红领巾的小学生来接他回家，像他的孩子一样亲热地帮他拎包。然后搀扶他下楼，出门，过马路，直送到他家门口。原来是诊所附近小学的学生，已经是他的第十几茬老朋友了。最早接送他上下班的学生，已经上大学了，工作了。他觉得，总是这么永远长不大的活泼可爱的红领巾们在伴随着他的生活。是他们的笑语，是他们那永远的童心，对世界的美丽的天真的目光，使他富有了微笑的眼睛和人生的诗趣啊！

踏入盲大夫的家室，会客室、书房、卧室及厨房的摆设完全无异于有视觉的常人。谈及其嗜好，一是拉二胡，二是养花。这使我惊奇了。拉二胡并不新鲜，瞎子阿炳可谓二胡大师，那《二泉映月》的琴声每每使人如痴如醉，享受到一种美妙的感伤。是视觉的丢失附加在了听觉的创造力上，而体验人生，而刻苦磨炼，终于产生了高超的艺术。盲大夫的养花之癖，我却怎么也不解。

当我把目光投向阳台时，透过窗户，竟确实瞥见了几盆花。深红的、乳白的、深黄的，开得正好看，是富丽大方的名花品种。秋阳里，它如诗如画，落霞一服绚丽。这不是美人蕉吗？

正是美人蕉。盲大夫用神奇的辨别力向我指点着不同色泽的品种，说这种花如何喜阳，喜温暖，喜湿润，又如何畏霜，畏水涝。没有视觉的花匠，是经历了怎样的磨难，才发芽、生根、出叶、绽苞，开放出自己姣美的花来的呢？而花朵首先是以它的色彩悦于人的眼目的，然后是它的芳香，它的形状，而悦于嗅觉及感觉。这美人蕉的主人，却又看不见它的色彩的闪光，该是多么遗憾的事！

他告诉我，他的童年的世界是光明的，而后因患病失明，备尝人间凄苦和自己心灵的痛楚。那灞河边的长夜，是自己拉出的《二泉映月》常常几乎溺死了自己的心，而终于领悟到了黑暗里的月梦。而后学医治病，又遇上陪伴了他十几年的红领巾们，活得愉快了，有意思了。

美人蕉，多好的花名！面对着它看见的是什么，我又从中看见了些什么呢?记得他说过,此花可为止血药。这我信的,因为他是个受人爱戴的医生。

阳台

当我穿过街市时，喜欢看阳台。也喜欢站在阳台上，看着街市，俯视也好，仰观也好，无论是动的、静的，一样可以生出一些意趣来。

记得有回带孩子散步，阳台上一声爆竹的脆响，牵去了我和孩子的目光，那爆竹是一个孩子放的，他是我的孩子的小学同学。"爸，什么时候咱们有一座阳台就好了。"我看得出来，孩子的仰慕和向往之情。但我很惭愧，还住在一间八平方米的斗室里，没有阳台。

我们终于有了阳台。想侍弄它，买了不少花，结果净剩下一堆花盆。我想，我许是火命，花草于我无缘吧。常晾些衣衫被褥，倒是实际。也时常叼了烟，倚了栏杆，望终南山，望星空，望街市流水般的行人车辆，有不少雅兴逸致。有盆夹竹桃长在一角，是原先的主人留下的纪念，活得还算精神。再就是堆了些杂物，望着就觉得不美。

倒是让孩子如愿以偿，在阳台上，在自己的阳台上痛痛快快放过一串炮。我变了位置，俯察楼下的大人孩子，见他们向这儿望。他们有阳台吗？他们渴望阳台吗？我想。

"你在楼台上看风景，楼台下的人在看你，你便也成了风景。"不知谁说过这层意思，我记着。这感觉挺妙，谁不在风景里呢？

阳台多半成了孩子的世界。捡来什么玩意，也往那儿塞。有树叶，有冰棍棒儿，有石头蛋，有瓶儿木片铁环草绳种种物什。一有空儿，他或独个或同小伙伴，便在那儿摆弄个没完。那是童话的天地，狭小而广阔。

我这旷野里度过童年的人，为自然与童心疏远的孩子感到怜悯。又一想，这么，他就更珍惜自然，像珍惜他们的蟋蟀和蚂蚱，岂不也好。自己小时候，谁爱怜过满山满谷的红花，满原满沟的草叶呢？

得感谢这阳台。这悬挂在楼壁上的空间，对都市里的童真是一个补就。

往往，阳台变成了杂物场。室内整洁了，将污垢让在墙外，推进都市的空间，而自己恰恰丧失了一处优雅的所在，不是这样的吗？

想到这些，我想清理我的阳台，却一直没顾及上。它还是老样子，很不舒服。

去年冬天落雪时，阳台上有厚厚一层，我要扫；孩子不依，他爱那洁白，不让谁的脚踩脏了它。他用小手在雪上画了字：春。他一直关注着，那"春"字与雪融化一起，消失了，蒸发了。阳光，落在了阳台上。

阳台，太阳之台。

我十分喜欢站到阳台上去。我成了风景。

我是来洗温泉澡的。

尤其是这冬日，用不着锅炉加热，用不着太阳能，带着大地的底温涌流的泉水，足可给人以涤尘除烦的暖意。

如果说，温泉是地热异常的一种标志，那么，骊山该是一座温暖的山，华清池该是一块极温暖的地。

许是下渗的雨水和地表水循环至地壳深处而形成，含有了多种矿物质和其他有机物质，更说明这块土地的消化功能有多么奇妙！

这里所消化的，还有一种庄严的东西。它名叫历史。

我来这里洗温泉澡，同时也接受历史的洗礼。有自然的，也有人为的。有物质的，也有精神的。

湿润的泉水，流走了周秦汉唐的岁月，其泉源古老却也崭新。

温泉乃自然之经方，天地之元医，所疗救的岂止痼疾沉疴之客的血肉之躯。

而心呢？

有人说过，人人心中都是有一股泉水，日常的烦乱生活，遮蔽了它的声音。当你夜半突然醒来，你会从心灵的深处，听到幽然的鸣声，那正是潺湲的泉水啊！

这泉水，在这里是温热的。

它的汁液流出地面的温度，达到摄氏43℃，高于人的体温。

母体的乳汁，是历史的血浆，是大自然的热泪。

从时间的远处淌过来，从地壳的深处涌出来，不间断地奔流着，阅尽地面上一切生物的生死荣枯，当是这温泉。

在华清池边，望那明镜似的湖面，虽时值冬日，仍热气缥缈，若雾若烟。那是温泉之水的气质，在寂冷中散发着它不屈的热情。

难怪周围空气湿润，草色着春，花木盎然，一派生气勃勃之态。

骊山也因此而妩媚秀丽，披上了雾的薄绡，显得空灵而真实。

似乎，这一切舒坦、酣畅的感觉，皆是从浴后的骨子里透出来的。

寒风总捡拾不起路旁那几片落叶，捡起来，又放下了。路旁水渠边，是几位女孩子在洗衣服，脚踝泡在涌流的水里，滑而暖和。

温泉流到哪里去了呢？不见河溪，不见尽头。

温泉又复渗入土壤，渗入地层深处了吗？

作为流，失掉的在消失，而作为源，得到的仍在获得。这是生态平衡的法则。

生命的美不仅在于一个美的生命，而更在于一个生命美的运动。温泉的美，在于它使生命优美地运动起来。

这是我想说到的温泉。

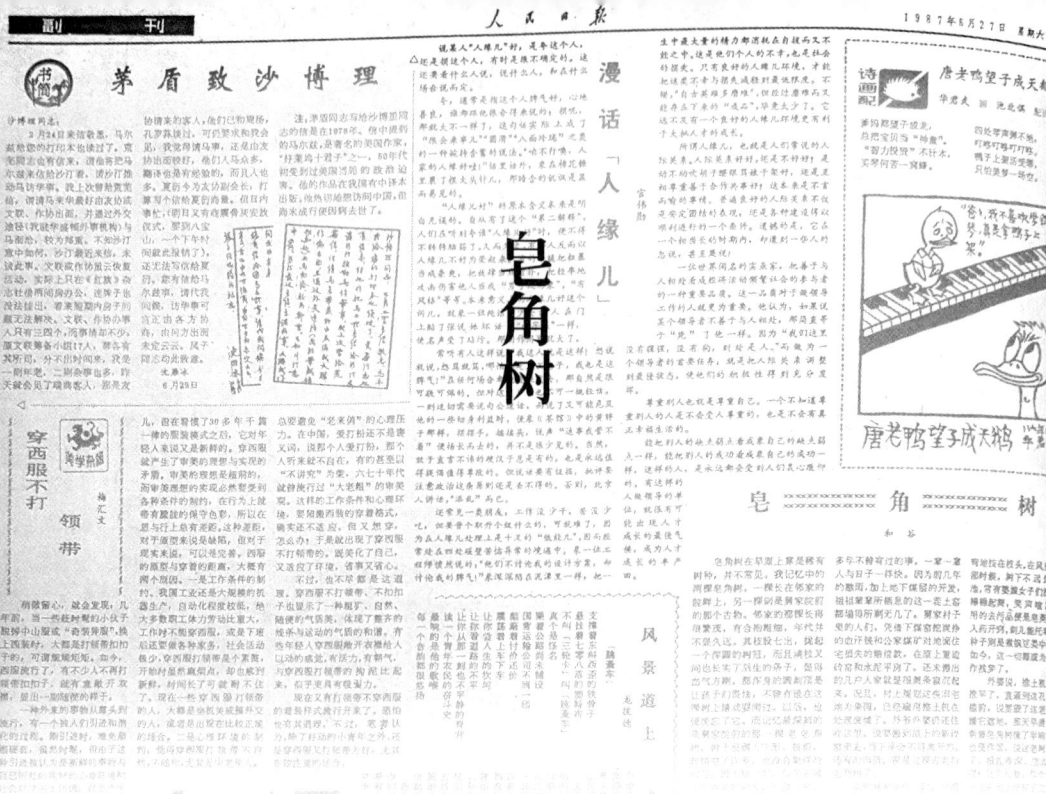

皂角树

皂角树在旱原上算是稀有树种，并不常见。我记忆中的两棵皂角树，一棵长在邻家的院畔上，另一棵则是舅家院前的那个古物。邻家的那棵长得很繁茂，有合抱粗细，年代并不显久远。其枝股七出，拢起一个浑圆的树冠，而且满枝杈间也长实了后生的条子，显得血气方刚。那浑身的圆刺顶是让孩子们畏怯，不曾有谁在这棵树上嬉戏耍闹过。以后，也便淡忘了它。而记忆最深刻的是舅家院前的那一棵老皂角树，树干呈倒人字形，极粗，却镂空了许多，也没有像样的树冠。因为缺少刺，似乎不属于它本来的树族。于我说来，在它的怀抱里度过不少童真的时光，而视它为舅家的一种标志了。

前些日子回老家，和母亲一路去看望年迈的外爷外婆，心里不知道是什么滋味。记得好几年不去了，尤其是同母亲一起重走这条土路，怕是二十多年不曾有过的事。一辈一辈人与日子一样快。因为前几年的憨雨，加上地下煤层的开发，祖祖辈辈所栖息的这一茬土窑都塌得所剩无几了。舅家村子里的人们，凭借下煤窑挖炭挣的血汗钱和公家煤矿对地面住宅损失的赔偿款，在原上重造砖窑和水泥平房了。还未搬出的几户人家就显得萧条寂寞起来。况且，村上规划这些旧宅地为果园，已经雇用推土机在处理废墟了。外爷外婆仍还住在这里，说要搬到原上的新砖窑里去，当下是舍不得离开的。还有的旧景，便是这棵古老的皂角树了。刚到舅家崖畔上时，我就先看见了这棵梦里复现过多少回的皂角树。按说它同样递增了二十多个年轮，却面貌依旧，比人显得耐老多了。边缘有细致锯齿的卵形小叶间，已有花后的带状荚果。到秋里落了叶，那红棕色的皂荚便如同镰刀，表面有白色粉霜，一弯弯地挂在枝头，在风里摇响着。那时候，树下不远处就是涝池，常有婆娘女子们洗衣浣纱，棒捶起舞，笑声喧嚣，洗衣用的去污品便是皂荚。荚果可入药开窍，刺儿能托毒排脓，其种子则是煮锅豆类中的上品。如今，这一切都成为往事，化作残梦了。

　　外婆说，推土机把烂窑都推平了，直逼到这孔窑洞的门槛前，说要毁了这老皂角树，嫌它遮地。那天早晨，推土机朝着皂角树撞了半响，撞不倒，也便作罢。说这老树一百多年了，根扎得深，怎么能推倒哩？让它长着，作个纪念。或许它在地上没有了立足之处，但在不少人心里永远拥有它的位置。我从心底隐隐感到，包括皂角树在内，旱原上的某种气质正面临着痛苦的蜕变与悲壮的诀别。新生命的进程，在皂角树羽状的叶片上飞动不止，和阳光一起舞之蹈之。

皂角树

和谷

皂角树在旱原上算是稀有树种，并不常见。我记忆中的两棵皂角树，一棵长在邻家的院畔上，另一棵则是舅家院前的那个古物。邻家的那棵长得很繁茂，有合抱粗细，年代并不久远。其枝股七出，拢起一个浑圆的树冠，而且满枝叉间也长实了后生的条子，显得血气方刚。那浑身的圆刺顶是让孩子们畏怯，不曾有谁在这棵树上嬉戏耍闹过。以后，也便淡忘了它。而记忆最深刻的是舅家院前的那一棵老皂角树，树干呈倒人字形，极粗，却镂空了许多，也没有象样的树冠。因为缺少刺，似乎不属于它本来的树族。于我说来，在它的怀抱里度过不少童真的时光，而视它为舅家的一种标志了。

前些日子回老家，和母亲一路去看望年迈的外爷外婆，心里不知道是什么滋味。记得好几年不去了，尤其是同母亲一起重走这条土路，怕是二十多年不曾有过的事。一辈一辈人与日子一样快。因为前几年的憨雨，加上地下煤层的开发，祖祖辈辈所栖息的这一苍土窑都塌得所剩无几了。舅家村子里的人们，凭借下煤窑挖炭挣的血汗钱和公家煤矿对地面住宅损失的赔偿款，在原上重造砖窑和水泥平房了。还未搬出的几户人家就显得萧条寂沉起来。况且，村上规划这些旧宅地为果园，已经雇用推土机在处理废墟了。外爷外婆仍还住在这里，说要搬到原上的新砖窑里去，当下是舍不得离开的。还有的旧景，便是这棵古老的皂角树了。

刚到舅家崖坬上时，我就先看见了这棵梦里复现过多少回的皂角树。按说它同样递增了二十多个年轮，却面貌依旧，比人显得耐老多了。边缘有细钝锯齿的卵形小叶间，已有花后的带状荚果。到秋里落了叶，那红棕色的皂荚便如同镰刀，表面有白色粉霜，一弯弯地挂在枝头，在风里摇响着。那时候，树下不远处就是涝池，常有婆娘女子们洗衣浣妆，捶锤起舞，笑声喧哗。洗濯用的去污品便是皂荚。荚果可入药开窍，刺儿能托毒排脓，其种子刚是煮钢豆类中的上品。如今，这一切都成为往事，化作我梦了。

外婆说，推土机把窑洞都推平了，直通到这孔窑洞的门槛前，说要受这老皂角树，绕它逶延。那天早晨，推土机朝着皂角树撞了半晌，撞不倒，也便作罢。说这老树一百多年了，根扎得深，怎么能推倒哩，让它长着，作个纪念，或许它在地上没有了立足之处，但在不少人心里永远拥有它的位置。我从心底隐隐感到，包括皂角树在内，旱原上的某种气质正面临着痛苦的蜕变与悲壮的诀别。新生命的进程，在皂角树羽状的叶片上飞动不止，和阳光一起舞之蹈之。

煤黑子舞步

"渭北黑腰带",是说这块地方有丰富的煤炭资源。沉积厚重的黄土原野间潜伏着乌金的宝藏,确是一个耐人寻味的黄与黑的诗的命题。我的故乡就在这块乌金撑着的黄土原上。方圆有几十万人的大矿区,有一条黑色的河流般的铁路运输线从这里发源通往远处。就在那些沟河岔岔里也满是小煤窑的遗迹,少说也有百十年的历史。如今这些遗迹得以复活,构成了很可观的乡镇企业群体,从而使贫瘠的黄土原透出了勃勃生机。

我当回乡知识青年那阵,故乡人守着青山没柴烧,脚踏着煤层却为烧炭受熬煎。小煤窑断断续续开办过,只是在先人们开发过的炭井里讨点充饥的剩物。生产方式和使用的工具是原始的,井下挖煤用的是铁凿子,照明用的是盛着菜油的瓷壶鸡娃灯,提升煤则全凭八个人合扳的大轱辘木质绞车。十岁的我便成为八个"绞把"人其中的一员。

那大辘轳足足有十来米长,中间是索盘,空索与实索同时上下。两端各有四条汉子伏在杠把上,也是你起我伏你浮我沉地变换着姿势,仰合着身子,前三步后三步地踏着脚步。被称为"拴"的轴圈直径盈尺,润着菜油,使轴子一旦转动就牵得整个大辘轳如同一匹烈倔骡子而难以控制。八个人稍不谐调,大辘轳就摇摆不定。生手准会被杠把刮了小腿,行活叫"刮萝卜皮",重者血染脚踝。动作稍有疏漏,就会在俯身的当儿被栽到对面的墙根去。大辘轳场上,有深深的足迹,是一辈又一辈"绞把"的用脚踩出蹭磨出的印痕,渗入了汗水泪水和血液。一筐筐炭就是这样从几十丈深的地底提升上来的,以至快要掏空了黄土原的腹部的乌金之囊。绞把人吆喝着吭哧着喘息着,在齐心协力发出胸腔里那浊重雄浑的调子。这绞把人的调子已经哼了百十年。

我起先作为旁观者欣赏过父辈们的"绞把"姿态,时而滞重时而豪迈时而沉稳时而洒脱,实在是一个壮景。当我以稚嫩的筋骨成为"绞把"人将脚步融入他们的脚步时,则触到了这种劳作的艰窘,当然也有快乐的时候。这劳动的舞蹈与舞蹈的劳动,充满了生活的辛酸和文化的趣味。被称作"煤黑子"的矿工们,我的父老兄弟们,就是这般塑造着自己力与美的雕像。

这几年,随着改革、开放和农村形势的好转,这口老井和周围的众多小煤窑才陆续安装了电动绞车。老井的巷道伸远了，就打一口新井。有的想将竖井换成斜井，铺上铁轨，用翻斗矿车提煤，用矿灯代替了菜油瓷壶鸡娃灯，有了测风仪和瓦斯警报器等安全设施。在权力和管理上，小煤窑的历史已由"小财东"经集体化过度到了承包或联办或私人开办的新阶段。循环的递进，促进了小煤窑的历史性地变迁。

故乡人说："不怕没有钱，只要黑绳绳子转"。世居于这块黄土原野的人们，已经从躬耕于土地的同时将眼睛盯在了土地的深层，从中体味到生活深处的煤一样燃烧的希望。祖祖辈辈所赖以生存的这块土地是深厚的，富饶的，慷慨的，今天的原上人在认识这块热土时也在理解把握着自己的命运。

我总想起那煤黑子的舞步，那壮观的大辘轳场上"绞把"的情景。尽管，这种大辘轳旋转的场景几乎已经在渭北原区消失匿迹了。那谐调的脚步和仰合起伏的身子，已经融入别种劳动的场面里了，但其历史意味却应该是永远的。那是如同船夫划桨、纤夫拉船一样的艺术劳作，那种起源引发了整个艺术之长河的劳动的舞蹈。日月从黄土原野上周而复始，这里的历史也就在人们的形如"绞把"的舞步中不断向前推移。这个不啻是黄与黑的诗的命题，是多么令人眷恋与慨叹的啊！

有一年正二月间,我在陕北高原的一座小城里逗留了几天。恰好碰上雪晴的日子,我便游兴十足地去看几里外的黄河。这儿是晋陕峡谷的中段,两岸皆是赭色石崖雄踞,把个河床夹得又曲又窄又深。远远就听见了那浑厚的声音,轰轰隆隆的,回荡于白皑皑的高崖之巅。太阳下的空谷,氤氲着带有泥腥味的雾岚,温而清醒地覆盖了涌流在早春季节里的大河。站到桥头上的时候,我看见了黄河凌汛的景观。

说实话,我身边的黄河已一改铜汁般的肤色,显出浮躁而混浊的冰凌,还有透明晶莹和雪白。冰雪的团块,有板状的条状的菱形的锥形的圆形的各种形象,在黄河急流的背脊上冲撞着拥挤着徘徊着踟蹰着前蠕动。波浪的流线和狂涛的形态,被这些板结凝固了的液体弄得很别扭,似乎每流动一步就有无数次想站立起来的姿势。这些冰凌,宛若小舟,或像莲花,或如同不规则的顽石,使黄河的表面明显地缓慢了流速。然而，冰下的涌动是湍急的，并不因为沉重的行囊而贻误了万里流程。黄河在拍击崖时，便不再是纯液体的声音，而渗透了固体所撞击时发出的咯嚓嚓的巨响。这当是黄河在告别冬天迎迓春天时的一阵深沉而自豪的呼吸。

我看见过呈弯弓状的鄂尔多斯草原上的黄河，看见过"天下黄河一壶收"的壶口瀑布的壮景，看见过禹门的黄河雄姿和潼关折流东去的巨澜，眼前的景观却更使我为之动情。我想，这流凌时节的黄河，没有春夏之际那么丰盈壮阔，没有秋汛季节那么雄悍莽撞，它在冬日消瘦之后便有了生命力的骚动，开始挣脱身上的锁链，剥离硬痂，融化隔膜，咆哮着呐喊着行路了。它负重前去。以宽阔的胸怀包容了去冬的遗物，以恢宏的气度消化着自身的肿瘤，朝着沧海奔流。崩溃的只有冰凌，而黄河永远是流动的。

据说凌汛会筑起冰堤，解冻的冰屑也会重新结集成巨大的固体，妨碍了黄河的行程。就在涌流与冰凌的较量中，凌块许会一时占据上风，但最终的胜利还是属于软而韧性的水流。也许就在下游的某一处河面上，或在入海口，黄河会彻底溶解了最细碎的冰粒，沉淀了污浊的携带物，流入美的境界。当然，有轮回的寒暑冷暖就肯定有黄河的喜怒哀乐，这是自然界的规律所在。黄河，正自信地度过它若干次后的又一番凌汛的季节。

记得我曾步向近岸,从水中捞起一小块冰,看着它在我的掌心化为春水。我所感受到的母亲之河的血脉的节拍,至今仍使我壮怀激烈,沉思不已。

流 凌

和 谷

有一年正二月间,我在陕北高原的一座小城里逗留了几天。恰好碰上雪晴的日子,我便游兴十足地去看几里外的黄河。这儿是晋陕峡谷的中段,两岸皆是赤色石崖陡壁,把个河床夹得又曲又窄又深。远远就听见了咝咛咛的声音,轰轰嗵嗵的,回荡于白皑皑的高崖之巅。太阳下的空谷,氤氲着带有起腥味的雾岚,温和而清晰地覆盖了涌流在早春季节里的大河。站到桥头上的时候,我看见了黄河凌汛的景观。

说实话,我身边的黄河已一改铜汁般的肤色,呈出浮睑而混浊的冰缘,还有透明昼莹和雪白。冰雪的团块,有板状的条状的菱形的锥形的圆形的各种形象,在黄河急流的背脊上冲撞着拥挤着排挪着跑跳着向前蠕动。波浪的流线和狂涛的形态,被这些板结凝固了的液体弄得很别扭,似乎每流动一步就有无数次想站立起来的势头。这些冰凌,宛若小舟,或像莲花,或如同不规则的顽石,使黄河的表面明显地缓慢了流速。然而,冰下的涌动是湍急的,并不因乎沉重的行囊而贴误了万里流程。黄河在拍击崖岸时,便不再是纯液体的声音,而遭遇了固体所撞击时发出的咔嚓嚓的巨响。这当是黄河在告别冬天迎迓春天时的一阵深沉而自豪的呼吸。

我看见过呈弯弓状的鄂尔多斯草原的黄河,看见过"天下黄河一壶收"的壶口瀑布的壮景,看见过禹门的黄河堆姿和潼关折流东去的巨澜,眼前的景观却更使我为之动情。我想,这凌汛时节的黄河,没有春夏之际那么丰盈壮阔,没有秋汛季节那么慓悍莽撞,它在冬日消瘦之后便有了生命力的骚动,开始挣脱身上的镣铐,到离硼面,融化隔膜,咆哮着呐喊着行路了。它负重前去,以宽阔的胸怀包裹了去冬的遗物,以恢宏的气度消化着自身的肿胀,朝着苍海奔流。崩溃的只有冰块,而黄河永远是波动的。

据说凌汛会筑起冰堤,解冻的冰屑也会重新结集成巨大的固体,访碍了黄河的行程。就在涌流与冰凌的较量中,波块许会一时占据上风,但最终的胜利还是属于软而韧性的水波。也许就在下游的某一处河面上,或在入海口,黄河会彻底溶解了最细碎的冰粒,沉淀了污浊的携带物,流入美的境界。当然,有轮回的寒暑冷暖就肯定有黄河的喜怒哀乐,这是自然界的规律所在。黄河,正自信地度过它老于万次后的又一番凌汛的季节。

记得我曾步向近岸,从水中捞起一小块冰,看着它在我的掌心化为春水。我所感受到的母亲之河的血脉的节拍,至今仍使我壮怀激烈,沉思不已。

去古长安的曲江池遗址寻访乡人仰慕的寒窑，得知秦二世胡亥墓就在近处，便趁春末的夕阳去领略其间的意味。

进城去的乡人开始归来，郊野的大道上便是一种匆匆的行色。路在此处开始拐弯上坡，伸延到曲江池畔的土原上去。托着沉重行囊的车子在坡前显得滞缓起来。拉骡子挂坡的驼背老人等来了生意，从岔道旁的茶亭小凳上站起，解开牲口缰绳，向坡前踏来。我喝完一碗泥腥味很重的茶水，又看了一眼用红漆画在树干上的箭头标志，踏上田间的土路去访秦二世的幽魂。

这个被历史冷落的人，依然被今人冷落。去墓园的路仅一车辙宽窄，且有深深的辙印，似乎直通往一处砖瓦窑。眼前的土原高高隆起，当是大唐紫云楼的遗址。借着它的厚重的根基，乡人取土作坯，烧造砖瓦，让历史的根底跃上城中最现代的高楼大厦。岔过一条小路，皆是一处处坍塌废弃了的破砖瓦窑，疑为旧的堡垒，满目疮痍。有现代流行歌曲的复制带在噪音十足的录音机上旋转。闻声前去，即台阶，即门楼，即秦二世胡亥墓了。

寂冷的一隅，被现代噪音所充塞，愈是这样愈显寂冷。寂冷得仅有一个卖门票的小伙子，像某种小生意的摊点一般。园里花很好，因为土地很肥沃，因为气候雨水很好。冷清益于花草的生命。建筑物很民间，只是蹲在殿前的一头破损的石兽让人顿觉狞厉之美。所谓的殿，叫作展室更好。有塑像，有图文，讲秦代的兴衰。拐到殿后，即可看见立有碑石的小土丘，杂草丛生，多为酸棘刺，峥峥嵘嵘，掩着一个二十三岁的皇帝的残冢。

尽管游人罕至，但还是踏白了一条小径，直绕到土丘之额去。踩上去，便把皇帝踩在了脚下。史传秦二世胡亥，昏庸无能，在位三年，结束了不可一世的大秦王朝。始皇企图占有空间和时间的极限，却仅传至二世便灰飞烟灭了。始皇死于沙丘，李斯秘不发丧。后假诏使扶苏、蒙恬含冤千古，胡亥袭皇位，赵高进为郎中令，李斯则保住了丞相之位。二世受赵高谗言，大举屠杀大臣及诸公子。随后陈胜吴广项梁刘邦起兵，统一了的国土复于战乱，齐楚燕韩赵魏东方六国各立为王。赵高欲乱，牵一鹿献给二世说："这是一匹好马。"二世笑道："丞相误邪，指鹿为马。"问群臣，有言马言鹿或默然者。凡言鹿者均被赵高所杀，进而逼二世一死。

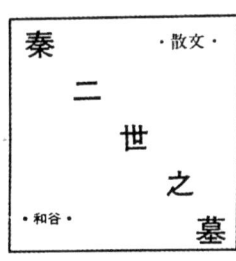

秦二世之墓

·散文·

·和谷·

站在土丘之上，东望即秦始皇陵，那里的兵马俑坑人潮簇拥。西北望去，是列峙的汉陵，迤逦的唐陵。东南近处则可见汉宣帝杜陵。相形之下，位于秦汉上林苑、隋唐芙蓉园的这一方墓园实在卑琐得可怜。眼前的曲江池早已干涸，江头宫殿化为砾土，柳为谁绿，唯桐花如血怒放得粲然。近处是田畴村落，夕阳西下，炊烟袅袅，古风栖处的原野依旧是生命的欢歌。

独自进得墓园，独自走出墓园。总把现代流行歌曲的噪音当作历史的挽歌。郊野大道上人流稀少了，老妪的茶亭已经收摊，归去城里的班车也赶不上趟了。

红军东征前后见闻

马绅

初次听说共产党

中国共产党成立的第二年，我出生于山西中部一个普通的农村，1938年春天我十六岁那年，参加了山西抗日新军。同年秋，被编入八路军，那年冬，已经有六十三年党龄了。

回忆起我初次听说共产党来的一点戏剧性：十四岁农村娃，我从未听说过"共产党"三字，侧耳知道中国国民党，孙中山、三民主义，五权宪法。那是从小学课本上学到的。另外也还知道同村一些军政要员，以都各石、贾继友、韩森、温怀保、冯玉祥等人。据同村在南怀的"紫兴"上服务的某位伯叔讲，本乡的土皇帝韩树山就更熟悉了。但是老实说，关于共产党我尚是闻所未闻。

1935年冬天，阎锡山的官兵们，突然到处都在大放大肆共产党。我听说的，是阎锡山派红军打进到山西，大规模的"匪共"向东扑来。讨厌这个"匪共"，不知怎么，另外各地急派民团，押解回俘，围剿。

那时候，我住在陕县子东大王村我家父家里，这是老家平川川靠近的，不是什么事军事坪，也不是什么边远地区。只因为他姓乂、从这个庄院到黎村，是一个乡镇。平型的小石之命派"厨共"的一个下乡的巡回队，到我们陕西这个小堡前，就要大地做小坪的。

...

红军在晋中平川走了半圈

过大年（春节）以后，传说红军分几股打过黄河来了，这就很惊动上头上面的东征。红军过了河，晋中平川的相当大地方与杂们听得，各县绅富都尽量跑一个路口，并从各城墙铺一些粉纸布条，有些到军连行标，并用本乡本土话写得了。号召"坐地虎"，对外口粮"坚壁清野"，使...

东征是宣传队、播种机

这次红军东征，把老财的军队打了个很惨痛，在一大平地区打下不少地方有重点地做了许多的工作。第一次明朗主义特别见了以武装革命，特别见了以武装革命，用政权的看法建立。红军每到一地首先开仓济穷，把地主的粮食财物和土地分给穷人，全部推翻阶级与地主...

去延安

前几天，一个小雨零星的早晨，有人打电话给我，让给"八办"修改一篇演讲稿，问我愿不愿意做。我说，行。对方说，这是个穷单位，稿费少点行吗？我说，随便。放下电话，我寻思着揽下的这个活儿，反问自己当下的写作人就是这个样子。尽义务可以，却似乎有碍于写作市场的游戏规则。我不是唯一靠卖文为生的自由撰稿人，也不是不爱钱，但在内心深处更愿意一种精神愉悦的纯粹地写作。之所以不假思索地接受了这个尴尬的差事，潜意识里是庆幸自己遇上了一次回归红色岁月的机会。

于是，我变成了一个年轻漂亮而又文雅的现代女孩儿，向造访这里的游客讲述前辈们的故事。这里是当年的八路军驻西安办事处，是红色据点，红色桥梁，红色兵站，曾经向革命圣地延安输送了成千上万的仁人志士。有一位老人重访这里，说他当年是从斯诺的《西行漫记》中认识了延安，携带妻子和婴儿从失陷的南京辗转来到

"八办",踏上奔赴延安之路的。开始雇了一头小毛驴,驮着行李赶路,为躲避国民党的层层关卡盘查,只好卖掉毛驴,扔掉行李,扮成小两口回娘家的样子轻装简行。一路上风餐露宿,忍饥挨饿,妻子病倒了,婴儿因缺奶哭个不停。当他俩咬着牙终于坚持到达延安时,襁褓中的婴儿不再哭泣,也没有再醒来。他们擦干眼泪,投入了火热的新生活。当这位老人回忆往事时,是无愧于年轻时的人生选择的。从西安到延安,八百里行程,八百里路云和月,令人神往,令人浩叹。奔赴当年的延安,可以将人生的理想融入挽救民族命运的熔炉。在一条条根系似的黄土小路上,流淌的是青春的血液,心向延安,又把火种撒遍了大地。这对于垂暮之年的老人,是重温陈年佳酿,而对于年轻人来说,是陌生中发现的一笔宝贵的精神财富。

  为这篇演讲稿捉笔的我,是介于晚霞与朝霞之间的午后的云彩。没有老延安的久经沧桑,也没有七八十年代生人的鲜活新锐,二十世纪下半叶的阳光和风雨,让我们成熟着自己的果实。对于延安,我是感觉温暖的,朴素的,亲切的。多年来,我到过那里无数回,时至今日,仍盼望能有机会置身那让人心旷神怡的地方。

  我头一回去延安,是在三十多年前的一个冬天。那时候,我从来没出过远门,涉足之处只不过二十里方圆。有一天,我们几个小伙伴合谋,随着刚开始的串连队伍步行到延安去。从家乡的小镇中学出发,每天以上百里的速度向北挺进。开始是沿着公路走,后来干脆抄捷径,走村串社,过田埂,溜沟坡,在沿途的接待站或老乡家充饥,随便找地儿困上一觉,又赶路了。延安像一团火焰,在召唤着稚气未脱的同学少年,那份被理想燃烧的激情,在农家孩子来说是不曾有过的。一路的劳苦疲惫,在终于看见灯火镶嵌的宝塔时,小伙伴们都流下了激动的泪水,甚至号陶大哭起来。之后是在接待站排队,拥挤着去领取延安纪念章,当晚被安排在清凉山老乡家里食宿。我和另一个小伙伴住进一对老人家,石窑石炕,热饭热被窝,像回到了家里。我们就像老人的孩子,享受着慈祥地抚摸,睡梦中抵达快乐的天堂。早晨醒来,老人已做好饭,馍馍酸菜小米粥,真是香极了。站在门前看宝塔,看阳光下闪烁的延河水,感觉到自己是世界上最幸福的人。参观一天回来,饭留在锅里,还有几片肉,感觉延安母亲真是好。

那时候,年幼的我向往着精神地滋养,同时也因物质匮乏渴望肠胃的满足。革命圣地的延安,起初赋予我信仰、崇拜、历史知识和人生精神。在时代的变迁中,随着经历的增长,一些幻影在渐渐褪去,那些永恒的东西是不曾更换也是不会磨损的。延安山川风物的魂魄,那一份不能舍弃的亲情,是在一次又一次涉足时不断体悟到的。

之后,在大学读书时的野营拉练,又实实在在地用脚步重温一回串连时跋涉过的延安之路。做记者编辑的生涯中，几乎跑遍了延安城的角角落落，以至陕北的大多县城。寻访过毛主席转战陕北时走过的地方，采写过老红军、北京知青、基层干部和群众，也收集过那里的历史传说。如同我幼年时遇到的清凉山老人，那份人间的慈爱，那份生存的毅力，和给予我的心灵的洗礼，是无论如何也数不过来了。

去年冬天我去延安时，只在那里逗留了一两天。我走过几处革命旧址，在纪念品摊点上买了一盒碟，是陈旧而新鲜的《陕北民歌》。在电脑上打开它，效果十分地好。从流动的画面到飘逸的音乐，看到的是那一片苍茫的土地千年的容貌和百年的神采，听到的是悠远阔大的呼吸和火种发芽开花的回响。抑或移植为摇滚，也没有走出原本多远。

是的，当下坐汽车火车或飞机去延安的游人，该是幸运多了。已不必让"八办"劳神，毛驴也已成稀罕了。若说有谁徒步去延安，准是小报记者感兴趣的料儿。各类旅行社的北路几日游早已开通，在节假日的生意更是不错。那里有风景，有大自然和历史的风景，有旧物和城市化市场化进程的风景，有人的风景。红色经典是宝塔山和依旧流淌的延河水，是那些窑洞和小路，是朴实无华的物什和动人的气息，是院落里那一棵棵葱郁的参天大树。如同延安的故事，在一天天变老，也在一天天更新。

清水关

人说天下黄河九十九道弯，若问你最弯的黄河在哪里，你未必能答得上来。我从延川县城出发，东南行九十里到了土岗乡的黄河边，喜爱天文地理和民间艺术的土著人告诉说，这儿就是黄河最弯的地方。若说黄河的大弯，是鄂尔多斯高原上那一张巨大的弯弓，是在潼关的折流东去。而眼前这伏卧于晋陕峡谷中的S形流水，太具体地显示着它规范的S弯度，像一条曲状的大虫在无声地蠕动着。

我们站在高高的山巅，太阳很红，风也很冷，土著人如数家珍，有些指点江山的神气。他说，这儿是阴阳鱼，那儿是八卦图，现在的伏义河村应该是伏羲居住过的地方，那里有伏羲庙的遗迹。脚下站的地方正是伏羲发现易经学说的神灵之处，尽管石碑是不久前才立的，湿土还没干透，历史就这样被发现并且见证凿凿。石碑上刻着"圣览山"的字样，说远古圣人伏羲氏曾在此"仰则观象于天,俯则观法于地,旁观鸟兽之文,与地之宜,近取诸身,远取诸物,始创八卦,以通神明之德,以类万物之情"云云。我辈只不过是凡夫俗人,在圣地观览到的也能是大概的风物。

下到河岸的悬崖边,可以望见彼岸山西地界上的田园光景,人、牛、窑洞,皆稀稀疏疏地掩映在枣林里。在这一弯黄河边,造物主偏爱了对岸的人家,此岸却是石崖荒岭。也许另一弯黄河又心疼了此岸,把荒凉抛给了对岸。甩一块石头往空谷,也没见扔到河水里去,石头只是落在半崖上。感觉成了错觉,河谷究竟有多么宽阔,肉眼是难以判断的。黄河的咆哮,站在崖边也是听不到的。

这儿人迹罕至,山野依旧保留着天然的本色。最是小路边一蓬蓬的酸枣枝上,血珠似地闪动着精致的果子,摘一颗放在嘴里,酸得你牙根打颤。零碎的田地挂在山梁上,秋后的庄稼稀疏却也实在。路过山岭上的小村庄,枣林很茂盛,石窑这儿两孔那儿三孔地借地势而筑,村口有一个瘦了的涝池。从站在门口看热闹的小姑娘红扑扑的脸上,可以看出村人朴素却也滋润的生存方式。从这里往前去,站在崖头上,看到的便是清水关了。

我们所处的崖畔并不宽阔,从残垣断壁可以推测出,若干年前传说中的渡口小镇就建在这里。陡峭的石壁是由人工修筑的,巨大的石块砌成一座山,你不能不敬佩前人的力量和意志。遥想当年，脚下的黄河舟船往来，商贾云集，码头渐次形成了一个兴时的小城。传说中的县老爷自食其力，也耕一块地，与小民一起扛石筑城，爱民如子，两袖清风。加之，黄河在此接纳一股清流，清澈见底，这里便以清水关传世了。土著人甚至大夸其口，自豪地说，这里是"清水衙门"的出处。之后，公路的时兴使清水关渡口逐渐冷清了。仅有周围人渡河，使用的是小木船和皮筏子摆渡。史料中也并无此地设过县衙的记载，美好的传说是一种愿望而已。居住在这里的人们，也逐渐离去迁移到了距离黄河更远的地方。只有一对老人守护于此，死也不肯离开。你瞧，那屋顶上还冒着烟哩。俯瞰渡口，那座浑圆的石碾最显眼，紧贴着河水，证明着历史的踪迹。一条木船，孤独地泊在岸边，整个宽阔的河谷间，除了我们自己没有一个需要渡河的行人。

  回程路过山岭上的村子，才知道这便是土岗乡的刘家山村。伟人毛泽东率东征部队回师陕北时，在这座小山村住过一夜。周围六百里地，就有伟人留下的故居七处，这小小村落也就没能以此得以显赫。就像清水关一样，已经成为这方水土之上的一件往事而已。

  伏羲也罢，毛泽东也罢，船工或者村姑，旅人或者土著，在这天下黄河最为弯曲的地方连为一体，会引发我们一些什么联想？黄河水，依旧在流，物是人非的情景，在永不止息地演绎着。当地人会把"黄河在这儿拐了一个弯"作为文化资源，一个新的经济增长点，来昭示这里的地理与历史。地理特征从来就有，历史已经过去，而在我们今天的支点上，清水关是让我们赏心悦目的一道风景。

清水关

和谷

人说天下黄河九十九道弯，若问你最弯的黄河在哪里，你未必能答得上来。我从延川县城出发，东南行九十里到了土岗乡的黄河边，喜爱天文地理和民间艺术的土著人告诉说，这儿就是黄河最弯的地方。若俯瞰黄河的大弯，是墨尔多斯高原上那一张巨大的弓，是在漫关的陕东去，两眼前这找伏羲于群峡峡谷中的S形流水，太具体地显示岩它晁它的S弯度，像一条删样的大曲在无声地蠕动着。

我们站在高高的山巅，太阳眼红，风也眼冷，土著人如数家珍，有些指点江山的神乎。他说，这儿是伏羲氏故里，那儿是八封图，现在的伏义河村应该是伏羲居住过的地方，那里有伏羲故的遗迹，脚下这块的地方正是伏羲发现易经学说的神灵之处。尽管石碑是不久前才立的，息土还没干透，历史就这样被发现并且见证着验，石碑上刻着"圣览山"的字样，说远古圣人伏羲氏曾在此仰则观象于天，俯则观法于地，旁观鸟兽之文，与地之宜，近取诸身，远取诸物，始创八卦，以通神明之德，以类万物之情云云。我辈只不过是凡夫俗人，可以早见波岸山西地界上的旧圆光景，人、牛、窑洞，皆稀稀疏疏地掩映在枣林里。在这一弯黄河边，造物主酿是了对岸的人家，此岸却是有星陇岭。也许另一弯黄河又心悸了此岸，把图座酿给了村子，呈一块石头任空着，也没足的到河水里去，石头只是落在半崖上，感觉成了楼道，河谷究竟有多么宽阔，肉眼是难以判断的，黄河的咆哮，站在崖边也是听不见的。

这儿人迹罕至，山野依旧保留着天然的本色。最是小路边一蓬蓬的酸枣枝上，血珠似地闪动着精致的果子，啊一颗放在嘴里，酸得你牙根打颤。零碎的田地生在山坡上，秋后的庄稼捕疏地也实在。路过山坡上的小村庄，樱林摇落零，石窑这几两孔那儿三孔地借地势而流，村口有一个瘦了的搪油，从站在门口看热闹的小姑娘红扑扑的脸上，可以看出村人朴素粗他独润的生存方式。从这里往前走，站在崖边上，看到的便是清水关了。

我们所处的崖畔并不宽阔，从峡顶断壁可以推测出，若于年前传说中的渡口小镇就在这里，陡峭的石壁是由人工修筑的，巨大的石块调成一疊山，你不能不敬佩前人的力量和意志。遥想当年，翰下的黄河舟楫往来，商贾云集，码头渐次形成了一个兴盛的小城，传说中的篆萋爷爷自食其力，也挑一块地，小民一起扛石筑城，爱民如子，两袖清风。加之，黄河在此绕映一段清流，清敬见底，这里便以清水关传世了。上著人甚至大夸其口，目睹地说，这里是"清水渡口"的出处。

之后，公路的时兴使清水关渡口逐渐冷落了。仅有周围人渡河，使用的是小木船和筏子摆渡，史料中也并无此地设过县的记载。美好的传说在一种遥早而已。居住在这里的人们，也逐渐离去，迁移到了距离黄河更远的地方。只有一对艺老人守护下去，死也不肯离开此地。那屋顶上还冒着煨烟，阴阳渡口，那是厚实的石碾盘垒眼，乡贴着河水，说明有仿古的踪迹。一条木船，孤独地伴在岩边，整个宽阔的河谷间，除了我们自己也没一个需要摆渡的行人。

河程路过山岭上的村子，才知道这里是土岗乡的刘家山村，伟人毛泽东军东征路经陕北时，在这座小山村住过一夜。周围六百里地，敢有什人留下的足迹之处，这小小村落也就没褪此野以咒啦。就像清水关一样，已经成为这方水土上的一份往本年出。

伏羲地震，毛泽东也葺，晴工成者村落，静入成百十人，在这方天下黄河最弯的地方走为一体，会引发我们一些什么新些？黄河水，依旧在法。教是人们的气景，在永不止息地演绎着。当地人会把"黄河在这儿拐了一个弯"作为文化资源，一个新的经济增长点，来昭示这里的地理与历史。地理特征从来就有，历史已经过去，而在我们今天的支点上，清水关是让我们赏心悦目的一道风景。

我们去看台参一井，他们说这口井为玉门人争了光，年产百万吨，一口井顶过了玉门的产量。在吐哈石油大会战中，来自老石油城的玉门人，因为这口井而直起了腰板。但后来的情形并不乐观，重组之后的玉门人是够委屈的了。

吐哈油田的领域太广阔了，尤其是在茫茫的大戈壁滩上，放眼望去，简直是一大片钢铁的森林。桔黄色的磕头机，星星点点地布满了戈壁滩，电杆呈网状，间有控制电力系统的小白房子闪闪烁烁。火炬冲天而立，火焰在天幕上写着人的宣言。钻塔林立，在刺痛地壳深处的神经，搜索大地的血脉。大大小小的道路纵横驰骋，巡查车、油罐车、工具车在奔忙着。

阳光下，身旁的天山高洁肃穆，一派白茫茫，疑是冰雪，实为石质本色。我们来到一座井架旁，看见一只可爱的小犬在车厢式的帐篷旁起劲地叫，几只鸽子从帐篷顶上展翼起飞，融入蓝天。着桔红色工装的年轻钻井队长,正在钻塔下和工人们修理机械,和我们打了一下招呼,又忙他的事去了。我们登上钻塔,仰望伸入天际的钻杆,有点头晕目眩。在控制室,各种电子按钮早已取代了重体力劳动。曾经在大庆、长庆等油田和电影《创业》中看到的情景,如何扳动刹把,挪动长长的钻杆,在这里见不到了。而一线的工人,也避免不了大汗淋漓,工装油污,面色如铁似铜。井队有四十多号人马,十多个正式工人,其余是辅助工。有一位辅助工说是来自天水,已经在井队干了十个年头。

看见一个五六岁的小男孩在车厢式帐篷旁玩耍,上前逗他玩儿,他说是跟妈妈来看爸爸的,他用手指着井架下修机器的工人,也不知哪一位是他爸爸。妈妈在厨房里忙碌着,可能是在帮厨。走进队长的帐篷,有空调,有书桌,床铺整洁得和军营一个样。墙上的照片是队长的全家福,旁边贴的一张画儿是他的孩子画的。这是队长梦中的家,而真正的家还在几百里外的哈密,有时一月四十天也顾不上回一次。我问队长,野外工作报酬可能会高一些,他说,月薪两千块吧,井队实行责任制,有严格的成本核算,如果亏了,要和报酬挂钩的。

据说这里温差大,达到27℃,是一种什么感觉?热天地面温度高达80℃,人是要被烤焦的。好不容易下一场雨,很快又被蒸发了。途经一个叫"一碗泉"的地方,远远望见漠野上有十多峰骆驼在行走,在几百米外隐隐地与近处一坨坨茂盛的骆驼草融在一起。是不是看花了眼,骆驼似骆驼草,骆驼草似骆驼,这绕口令一样的概念,把人捣迷糊了。再仔细看,的确是骆驼无疑,那么是家养的骆驼呢,还是野骆驼?数十里无人烟,也不见一个人的踪影。终于,在较近的地方,真的看见了几峰骆驼,在一片低洼处饮水,这是"一碗泉"吗?而真正的"一碗泉",还在数十里之外。

我们在泉水边歇下来,见一泓细微的清流,从干枯的沙坡下的小窟窿里渗了出来。数棵几搂粗的大柳树,少说也有几百上千年了,它们围成一个掬水姿态的半圆,飘逸着柔软的枝条。古柳并没有掬住流淌的泉水,指缝间流走的清泉入了水渠,流向了村边的田地。数十户人家吊在这只奶头上,延续着他们源远流长的家族。刚才进村前不是看到一片坟墓吗,它正是生命力的见证。土屋上飘浮着炊烟,偶尔有村人走进。远处的草地上,一群羊在游动。田地里秋播的庄稼人,男人在吆喝着拉犁的毛驴,女人跟在后头撒落种子,尘土飞扬,像打仗似的。我顿时感到了一种亲切,使我想起了老家已经逝去多年的农耕图,最后的牛、马、骡、驴等家畜已被机器取代了。是物质文明的喜剧,亦是人心灵上的伤痕。

抵哈密的石油小城,已是午后时分。约三万人的小城,绿树成荫,高楼林立。在广袤的大戈壁滩上,让人怀疑这片绿洲是从天上掉下来的。它与内地的任何现代城市没有质的区别,只是更干净、更阔气、更时尚罢了。文化广场上有罗马柱、西洋雕塑、音乐喷泉、露天舞台,加上以黄菊为主的鲜花,绿茵茵的草坪,是我所见到过的最阔绰的小城广场。信步走入小城公园,湖水荡漾,小船悠悠,坐在湖边条椅上,也作一回悠闲人,实在惬意得很。跑到这儿赋闲,多少有点牵强附会。据说这湖水是从地底下抽上来的,石油人要让戈壁滩上的家园成为环境优美的乐园,其毅力是难以想象的。

哈密在唐代属伊州,在它的南边是浩瀚的贺莫延碛,是从玉门到伊州不可逾越的地方。戈壁滩上布满了砾石和粗沙,极少水草和生物,迢迢六百多里几乎是死亡之地。试想,孤身匹马的唐僧是如何逾越玉门关,以白骨马粪为路标而行,又是如何四夜五日滴水未进,昏迷在大漠中,幸被凉风吹醒,识途老马因闻到水味狂奔到泉边,终于踏上哈密的水草之地,这是让人心灵震撼的事。"沙上见日出,沙上见日落。悔向万里来,功名是何物。"岑参在自然恶境中的感伤,说明人的发展在生存危机时是警醒的,动摇是有的,坚韧也是会有的。

一百年前的日本探险家渡边,曾这样记述古伊州的哈密:从乌鲁木齐出发,翻过天山,花了十八天时间,到达哈密。哈密,古称伊吾,从前有一条焉耆通往安西的路,完全没人走了。所以从新疆到内地,必须经过哈密。正因如此,中国政府在这里设了一个名为协台的官职。

自古以来有一句俗话说，得伊吾才能得西域，失伊吾必失西域。当地的哈密王热情地欢迎我们，为我们准备了晚餐，但因我们时间不够，故婉言谢绝了。作为践别，送给我们马料一石、米三斗、柴一驮，还有好多无烟煤，用车拉来的。哈密与安西的路况更差，尽是沙漠，没有一点儿薪柴，因此，哈密王送给我们的煤帮了大忙。哈密以北，有一个叫巴里坤的地方，那里的马很有名，身体小但很结实，踢人、咬人非常凶，但长于爬山。其价钱也很便宜，大体上一匹四至七两银子左右。过路人买了马，那马便会自己咬断绳子，回到原来的主人那里，那主人又会把它卖给另外的过路人。利用马来赚钱，真是难以对付。

这是在荒凉的地方，如今却有现代的富丽。在贫穷的环境里，却有颇时尚的丰饶。这里的石油人，据说人均创造价值一百万，这是一个怎样令人惊讶的概念！石油帐篷世界的一切印象，都已经化为历史。它是偏僻的，也是处于新世纪时代前沿的。哈密瓜是什么滋味，现在才似乎品出了一丝感觉。

清早七点钟起来，要赶到尕斯库勒湖边拍日出。半小时后，车子进入滩地，在芦苇丛中迂回着寻找通向湖边的路。

风很大，很冷，已经穿上了所有的御寒衣物，还是感觉刺骨的冷。我试着蹑手蹑脚地走向湖边，绵软的盐碱间有喀嚓嚓响的浮冰，心里有点恐惧。阳光泛着桔红色，照亮了湖面，白雪皑皑的昆仑在对着冰湖的镜子装扮。我发现湖边有鸟和兽的尸体，一点儿也没变质，像刚刚死去的一样。是因为饮的水质还是中了猎人的子弹，还是失踪致死呢？

回来的路上，经过一处物探队的帐篷，主人们可能还没有起来，一只小花狗在跳，吠声在旷野上十分清脆。又一座井架子，满身油污的工人漠然地望着我们。井架不远处，一匹瘦马奔驰而过，骑马人的装束是当地牧民的样子。

上了油砂山，辽阔的斜坡上起伏着几十台磕头机，一幅忙碌而悠闲的情景。来到一处典型的油砂岩下，岩石是土红色，黑紫色的地方似乎渗透了油汁，传递了大地深层的秘密。一百多年前，俄国人、匈牙利人、奥地利人、印度人、瑞典人都曾以地理学家、探险家、地质学家的身份不定期到柴达木，只是采集到一些化石，从没有发现过石油资源。二十世纪四十年代，一批中国的爱国地质学家沿青新公路勘察，骑着骆驼来到这里。有人听说在西部红柳泉以东的山坡下，拣到一种点火即燃的土块，终于找到了露出地面的油砂，并命名为油砂山构造。五十年代初，地质队发现了这里的油苗显示，由此拉开了柴达木石油勘探的序幕。望着油砂山，你会发现大地构造的神奇，这油砂的露头竟然藏在这人迹罕至的地方。

　　阳光耀眼，寒气渐渐消退了。峡谷间飞来一只黑鸟，嘎嘎叫着，栖息在砂岩上。黑鸟注视着我们这一行陌生人，片刻间，又嘎嘎叫着，俯冲下来，离我们头顶不过三尺，吓了人一跳，又旋转着融入阔大的空谷。在这少有人烟的不毛之地，即使令人不悦的乌鸦，也显得这么生动。我们的脚下踩得是冰，地面上遗落着一些旧胶鞋、牙刷、搪瓷缸子、药瓶子、门锁、木屑等废弃物，原先在此处搭帐篷的年月，也许远在半个世纪之前。曾经生活工作在此地的主人是谁？他们现在在哪里？

显然，有不少人是永远地留在了这块不毛之地了。在花土沟靠山的一片斜坡上，我们看见一大片墓地，地表是灰色的戈壁，他们的坟茔也是灰色，就地取材，坟茔融入了坚固的戈壁滩。只是在起风的时候，风儿是要越过这些人为的突兀的小山包，扬起一股风烟，灵魂一样萦绕而去。旁边是一条干涸的河床，滞留着暴雨季节淌过洪水的痕迹。河床岸边是一道高高的堤坝，是防止洪水淹没基地修筑的。也就是在堤坝下的阳坡上，有一座用砖头垒起的墓地，面积大概三十几平方米，外面是花墙，围拢着简陋的坟茔。这是阿吉老人的墓地，在周围显得很突出。碑上写道："新疆且末县红角公社木买努力斯伊阿吉之墓"，立碑时间为"一九六一年十月"，享年七十四岁。我们在昨天晚上，从敦煌基地的院落里采撷了一捧鲜花，有红的、蓝的、紫的、黄的、粉的，叫不上它们的名字，一路上放在保鲜的水桶里，现在仍然鲜活如初。我们向阿吉老人默哀，献上鲜花，还有他的老朋友若冰老人手写的挽联："献给尊敬的柴达木功臣阿吉老人"。我觉得，在阿吉老人的身后，是半个多世纪在这里去世的无数石油人的墓地，阿吉仍然是石油队伍的向导，在另一个世界里行进着。我不由得仰起头，望见了高高的白雪皑皑的昆仑山，只有它能让我们寻找到亡灵的所在。

花土沟，一边是干涸的河道，一边是尕斯库勒湖之外连天的昆仑。基地旁的一片杨树林长得很顽强，落叶满地，枝柯朝天，萧条得让人心寒。周围楼房大多已经废弃，价值不菲的尖顶拱形体育馆也成了名不副实的摆设。附近的油田设施，油罐林立，仍旧蒸腾在一片烟云里，在作最后的厮守。首站是花土沟周边油田的输出枢纽，一条原油的大动脉从这里开始，越过崇山峻岭，大漠戈壁，向南直达石油重镇格尔木。几天来，安排行程时总是说花格线，现在才明白是指花土沟至格尔木的输油管线。原油经过脱水等工序的处理后，远程输入格尔木炼油厂，柴达木的血液便输入更阔大的地域，输入大地的命脉。而这里还只是一片不毛之地，石油人是在温棚里孵化蔬菜，在梦想中沐浴春风的。

　　沿着一条叫作狮子沟的简易道路行驶，身边的地貌有点像是进入了沟壑纵横的黄土高原。也只是没有一棵草，与月球上的形貌差不多。但满山满谷坐落着几十上百台井架和磕头机，一派繁忙景象。路是九十九道弯，越来越高，终于来到了海拔三千四百三十米的高山之巅。眼前的狮二十井，是八十年代初开采的，井深竟达四千五百六十四米，日喷原油几百吨。这与海拔数字之间是一种什么样的概念呢？我们隐隐地感到了缺氧的滋味，心慌头昏，但放眼四方，雪山环抱，盆地迷茫，景色实在妙极了。脚下已经是阿尔金山脉，可以望尽数百里的山川盆地。几位守井的石油人，孤独地生活在这里，长年累月，会是怎么样一种心境呢？他们趴在滚烫的沙坡上，正忙着抢修漏水的管道，吃的水是从山下抽上来的。另有人在整理地基，用的是土办法，一个人坐在夯土机上，几个人扶着，像是耍把戏。一位看守油站的姑娘，身着显眼的桔红色工装和安全帽，走到院子门口，站在那里，专注地望着我们一行陌生人。她完全可以是我们在大都市里见到的时髦女郎中的一位，可她是年轻的石油人，像一朵悄悄儿开放的雪莲，把人生最美好的时光给予了这片土地。这是让人敬重的，却也不无怜惜之慨。

晚上，一位采油队长邀我们吃饭，说是在红叶酒店，去了一看，还真是感慨花土沟的时尚。石油人好酒，这是我们预料之中的。谁知他们搬来了一箱子酒，不是啤酒，是白酒，青稞酿制的高度酒。这么你敬一杯，他劝一杯，没完没了的敬酒词，不可辩驳的劝酒理由，让你只是不停地喝。几碗酒下肚，你就没了客套，还原了你的本性和真相，直了肠子说话，放了嗓子唱歌，大了胆量对饮，好像又回到了家，回到了年轻的时候，回到了朋友们中间。陪同来的老杨是第二代石油人，原籍河南沁阳，回到他曾经生活过多年的花土沟，说着说着就老泪纵横了。他即兴朗诵起一首诗，是郭小川的《祝酒歌》，雷打雷，锤对锤，杯对杯，千杯不醉，大伙儿也陶醉在酒中诗中了。一位机修厂的厂长姓郑，四十多岁，是1987年从湖北来柴达木的。他很有音乐天赋地唱起了李季的《柴达木小唱》，茫茫的戈壁望不到边，云彩里悬挂着昆仑山，我们柴达木哪里有哟……唱得浪漫自由，回肠荡气。他用的是"花儿调"，就像是从脚下的戈壁滩上长出来的歌一样。他又用陕西商洛花鼓唱了一段，说的是李自成屯兵秦岭山中，与一位山中女子生离死别的情景。他唱的《东方红》比原创《骑白马》的调子还古老纯正，连我这喜欢唱几句陕北民歌的人也要折服了。开车的胡师傅生于冷湖，父亲是长安郭杜人，他们也都在花土沟生活工作过。他站在老陕的立场上，和我们一起与另一方划拳行令，又一起说起那个齉齉面的古老烦琐的字来，从黄河两头弯，一点滴上天，八字张开口，言字往里走说到心字底，月字旁，会个船儿走南阳。郑厂长多才多艺，从郭沫若、萧三说到时下某一本年轻人写的小说，是有一些见地的。我不能说，他在这儿窝着是可惜了，我只能说柴达木真是有人才啊！

我们从塔里木到这里，是绕了一个大圈子。如果由塔中南出塔克拉玛干大沙漠，经和田、且末、若羌至此，可能只需一天多至两天的工夫。西行，东进，再西行，又东归，我们似乎在反复丈量古丝绸之路这广漠而神奇的领域。

今日南泥湾

南泥湾，已成为今天红色旅游的一个诱人的景点。我看到络绎不绝的游客中，有重返旧地的老者，有寻访父辈踪迹的子孙，有海外远游人，也有年轻的自驾车白领族和崇尚野外独旅的背包客。他们远道而来，用脚步亲近这里的泥土，深深呼吸着这里的自然空气和红色记忆的气息。他们放弃安逸，远离现代城市喧嚣的车流和人群，自愿承受徒步的艰辛或鞍马劳顿，获得的是一种精神和心灵的满足。

垦荒南泥湾，是一个悲壮又令人产生革命浪漫情怀从而振奋的故事。1940年5月，朱德从前线回延安后，面临敌人要"困死、饿死八路军"的边区封锁和严重的经济困难，去了一趟城东南近百里外的荒山野岭。破茅屋前逃难过来的老汉告诉他说："这儿叫南（烂）泥湾。"因为土地太肥沃，野蒿居然长到一人多高。朱德带人经过土壤、水质、森林资源的勘察，向毛泽东汇报了开垦南泥湾以增产粮食并建议调三五九旅屯垦的打算。毛泽东连声称赞，并补充说，延安的中央机关、军委机关、学校和留守部队都要抽人进去，还可以动员逃难到边区的外地农民也进去，在那里开荒种地，安家落户。毛泽东回忆那时的情景说，我们曾经没有衣穿，没有油吃，没有纸，没有菜，战士没有鞋袜，工作人员冬天没有被子盖，我们的困难真是大极了。

"我们要么就散伙，各自活命去，要么就靠一双手自己救自己。"王震的三五九旅开进了南泥湾，垦荒屯田，生产自救。他们风餐露宿，挖窑洞，吃野菜，喝苦水，第一年开荒万余亩，收粮千余石。1943年时，他们又养猪养羊，织布纺纱，烧炭熬盐，初步做到不要政府一粒米、一寸布、一分钱，粮食和经费完全自给。到1944年，开荒二十多万亩，产粮近四万石，真正做到了"耕二余一"。"到处是庄稼，遍地是牛羊"，昔日的"烂泥湾"变成了陕北的好江南。唤醒了沉睡的土地，这里不仅收获了粮食和物质产品，更是培育了自力更生、艰苦奋斗、富于创造的精神。有了收获的南泥湾，从南方长征走来的饥饿的红色革命才从低潮走向了胜利，并把屯垦精神的火种，撒遍辽阔的边疆大地。

多年后的今天，我们又沿着这条土路之上的柏油路，走进了南泥湾。如今，供游人参观的有当年开垦的大片梯田、毛泽东视察南泥湾时的旧居、九龙泉和烈士纪念碑、红楼等革命遗址。在南泥湾大生产运动展览馆,可以通过实物、图片详细了解当年南泥湾大生产运动的事迹。对于来这里"朝觐"的游客来说,在南泥湾看到的不只是庄稼,有林有草,也不见了遍地的牛羊,为保护生态环境,牛羊已实行了圈养。退耕还林还草的绿色革命,使南泥湾又改变了模样,变成了陕北黄土高原怀抱中的一座森林公园。红与绿,这是历史的一种回归,也是农耕文明在新世纪的一种理性的退缩。退耕还林,是人类调整人与自然的关系,恢复和重建与自然和谐相处的标志性工程。

我听说,今天的南泥湾群众,依然用着当年三五九旅战士们用的那种镢头,但他们不再用它开荒,而是用它在山上种树植绿。南泥湾林区实行封禁后,变采伐经营为封育管护,林木蓄积量增加了五万多立方米。林草植被的自然恢复速度明显加快,人工幼林生长良好,扩大了森林覆盖率。在离南泥湾不远处的韭菜沟,当年在延安参加革命的一位老八路,退休后和老伴开始了他称之为"夫妻植树"的后半生,十多年时间栽树几万株,绿化荒山上百亩。昔日的开荒者,如今变成了植树人。一位当年三五九旅副连长的女儿,现在是南泥湾关心下一代工作委员会的副主任,她说延安现在到处有"夫妻植树""兄妹造林"。几年来,仅南泥湾就退耕万余亩,延安退耕三百万亩,成为全国生态建设的样板。

秋声

南泥湾，我看见田地里种植着一片片异常娇艳奇丽的花。它不是山丹丹，也不是野菊花，经打听它叫香紫苏，是一种经济作物。这种唇形科香料植物，原产地中海沿岸，引进后主要在渭北到延安以南栽培。植株四棱形，叶对生，卵圆形或长椭圆形，轮伞花序呈淡粉色或白色，小坚果。适应性广，耐寒，耐旱，耐瘠薄。香紫苏花萼中含有香紫苏醇，其花序经水蒸气蒸馏而得的香紫苏油是一种名贵的天然香料，有清甜柔和的药草香、熏衣草香和果香，有类似黑狐香葡萄特有的风味和浓郁的木质清香。其琥珀龙涎形香料很珍贵，经济价值极高。

我读到了南泥湾寻求合作的网上信息，说是作为延安至黄河壶口的旅游路线，计划大量栽植观光、观果、观叶树种，把南泥湾建成集休闲、度假、避暑为一体的生态农业观光园。而在我这样的过客眼前，这块红色土地上的绿色，已显出了一抹秋天的艳丽与斑斓。在苍茫的林涛中，云飞鸟鸣，幽谷响泉，让人心旷神怡，如入人间天堂。这绿色，感觉像宣纸上的水墨似的，从眼前洇润开去，渐渐覆盖着黄河岸边雄浑的高原与千山万壑。

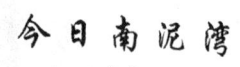

今日南泥湾

和谷

二十世纪四十年代，贫苦无告而又热爱艺术的青年梁黄胄、方济众、徐庶之先后来到赵望云家学画，吃住在家里。

黄胄跟赵望云学画，是在1943年底由豫剧演员樊粹庭介绍的。赵望云见了黄胄和他的画，兴奋地对别人说"今天遇到了一个小孩子画得非常好。我从不收学生，但是今天我收了他作学生。"

黄胄从小流落街头，十七岁以后到赵望云家里一起生活。老师要求很严，教导他说，生活、创作、技巧是统一体，艺术是从生活中来的，这是方向。老师的房里挂了一幅张大千仿黄鹤山樵的山水画，题目是"空山无人，水流花开"。老师对传统笔墨是刻意追求的，这一点，对他很大教益。

"在生活中写生，从写生中塑造个人风格"，是赵先生传给黄胄的艺术理念。黄胄的画风，不管是他的人物画，还是他画驴、画马，其基本方法甚至基本的笔墨感觉，也都是从赵望云的人物写生、动物画法中提炼出来的。

黄胄在赵望云身边一直跟了五年多。老师很宠爱这个思维敏捷的学生，让他一个人住一间屋子，他用笔豪放，满屋子都是墨点，被子和衣服也不收拾，整天喜欢出洋相。夫人希望他对自己的孩子也能够多关心些，赵望云说，孩子学生是国家的人，都应当多关心，说我偏向黄胄，我就是喜欢冒尖的，谁冒尖我就喜欢谁。

1946年夏秋之际，中学毕业升学未中的方济众，忧郁地徘徊于西安街头。他在北大街看了赵望云画展，好像一下了抓住了命运的稻草，当即到文具店里买了速写本，坐在展室里，开始一幅幅描摹起来。连续三天，方济众在这里勾了一百多幅画。

之后的一天，方济众鼓足勇气，来到粮道巷，敲开了赵望云家的门。那天是平明画会的例会，大家都在观摩画作，方济众的作业也被大家评头论足了一番。散会后，方济众留下来与赵望云攀谈，方济众说，想让赵先生介绍他去上北平艺专或西湖艺专。赵望云说，贫寒子弟，怎么能上得起那种洋学堂？还是从生活中找出路吧。于是，失学又失业的方济众，经常去看赵望云作画，有时也帮做些家务事。后来，赵望云为他谋了一个中学老师的职务，才算安定下来。之后，方济众又住进了赵望云家,成了家庭的一员。当时,除了老师、师母,便是三个小弟弟,加上他和做饭的老孙,家里七口人。物价飞涨,赵望云只有每天画一张画,每年办两次画展,才能维持一家人的生计。从师学画一年多的方济众,懂得了为什么画画。到了这年的冬天,他穿着赵老师送的新棉袄,翻过大雪纷飞的秦岭,回老家去了。

徐庶之,是在1948年春通过青门美术社经理田亚民引荐给赵望云的。当时,徐庶之是一个无隔宿之粮的流浪者,赵望云收他为弟子,负担了他的食宿和学习费用。徐庶之发现老师作画时,不是一次画完,先用水调淡墨打稿,进行流水线作业,把第一张画完第一遍,就去画第二张,然后是第三张,循环往复。当时,老师一次最少要画三幅画,一张画画四五遍,直到满意为止。而每一幅画在构图上是不重复的,题材多得很,信手拈来。老师的点景很简单,他喜欢吸烟,不喝酒,常在画动物或人物时,用吸烟点燃后的火柴棒来勾画,画完后用手弹一下。老师画画用过张大千送他的大千纸,是用丝和麻做成的,有一张方桌那么大,上下两边都是云图图案。徐庶之住在老师家学画,出外画速写,在艺术创作上打下了良好基础。

1946年底,在赵望云主持下,由大千肥皂厂经理、同乡贾若萍出资,郑伯奇作创刊词,出版了《雍华》图文杂志。《雍华》社址在菊花园对面,后移至粮道巷10

号赵望云的家里。赵望云任总编辑，黄胄任编辑，每月一期，内容为描写各地人文自然情况，发表小说、散文、诗歌，刊登改造中国绘画的理论文章。徐悲鸿、张大千、姚雪垠、黄苗子、丁聪等，都给予热情支持。出版十期后，由于经费困难停刊。

1948年春秋之际，应西北文化建设委员会会长张治中约请，赵望云与学生黄胄、徐庶之同行，第三次旅行大西北。西至青海，再游新疆，先是在兰州举办描写祁连山少数民族生活的画展，后在迪化完成西行画作数十幅，由天山学会出版。

西安临解放前，赵望云被国民党特务逮捕入狱，指控他与共产党有联系。包括弟子徐庶之，一家人四处奔跑，探听下落，后去太阳庙门的牢房里探望赵先生，在多方营救下获释。

西安刚解放，在赵望云的推荐下，他的学生黄胄、方济众、徐庶之先后参加了革命工作，成了知名画家。

淳化风 [报告文学]

这是一片古风犹存、生生不息的黄土原野。

《诗经》"国风"之"豳风"中,有"七月流火""我徂东山"的诗句,所描绘的豳地农民生活的情景是多么美好。"大雅"之"公刘"篇中,先周由邰迁豳,笃行于安居乐业,地处南豳的淳化,豳风浓郁。风,是一种风俗、风尚、风情、风气,也是民风、世风。

淳化最初设县云阳,在秦直道始发地林光宫即汉甘泉宫。今遗存有双乳似的大土丘,旷野中空留石兽石鼓。北宋太宗淳化三年,即公元992年,在梨园镇设淳化县。民间的说法是宋太宗微服私访到了这个地方,扮成路人向村妇讨碗水喝,喝了水又央求吃面,端来了汤面却说想吃干面,村妇又做了干面给吃,临走又让揣上馍。皇上感叹于此地民风淳厚,可教化于天下人心,遂将淳化年号赐予。

阳春三月,我来陕西淳化采风,涉猎的多是维护社会治安的人和事。在缤纷的苹果花、油菜花与绿色麦田相间的原野上，在村落农舍，从一张张淳朴、祥和的脸上，我似乎听到了先民的歌唱和时代的心声。远近闻名的淳化县公安局，近年来倡导的"深入基层、深入群众、深入人心"活动落地生根，开花结果，已经成为一个榜样，一面旗帜。

基层、群众与人心

与我促膝交谈的刘鹏，文质彬彬，睿智而干练。他是一个农民的儿子，毕业于省警校，在泾阳县刑警队当过技术员，后任副局长兼交警队长，1999年调来淳化县公安局先是政委后当局长。家还在泾阳，节假日两头跑。他的肯学习、善于钻研新问题在班子中是被公认的。除一班人集体研究工作外，他经常与熟悉情况、有新点子的同事和下属交谈，越来越意识到有两大问题影响着县公安工作的科学发展。

淳化是老区县，1927年王炳南就在这里建立了党组织，刘志丹、习仲勋曾在这里建立根据地，邓小平曾在这里驻防陕甘宁边区的南大门。爷台山反击战，得到毛泽东的高度评价。这里民风淳朴，有优良的传统，但自然条件差，城市化进程缓慢。在民警队伍中，尽管20多年无违纪案件，但工作满足现状，不求有功，但求无过。另一个问题是公安业务的创新。在市场经济条件下，由于利益关系的驱动，各类矛盾纠纷引起的打架斗殴案增多，耗费警力和时间，又很难让群众满意。刑事发案率高、破案率低，派出所基层基础工作亟待强化。

刘鹏与一班人经过认真梳理，决定下功夫先解决自身问题，在全局实行了干部聘任和民警双向选择。人事制度改革，优化了队伍，整合了资源，接下来的问题关键在于干警治安理念的转变和强有力的措施。

马家与润镇辖区人口与警力配置相同，工作效果却像是隔了一条深沟。7个派出所，刑事发案率有的高达30起之多，有的仅有四到五起，破案率有的达到90%以上，有的还不到20%。这样的不平衡状况是怎么形成的呢？刘鹏在下基层调研时发现，有的派出所电话不断，民警经常下去，群众上门来找的也络绎不绝，治安情况反而良好。而在有的所里，也不见有群众来找，民警守在机关，显得很清闲，却偏偏问题多。马家与润镇的区别也正是如此，剖析这一优一差的例子，自然成了淳化创新公安工作的切入点和突破口。归结到一点，民警与群众关系的疏远，群众对民警信任度的降低，公安机关与群众在管理社会治安格局中"两张皮"，是一些辖区治安环境恶化的根本原因。前些年，民警的群众观念淡化了，加之一些非警务活动，如催款要粮甚至"拉牛背包袱"，伤害了一些群众的感情。如何下沉警力，前移阵地，民警与群众以心换心，这才是创新公安基层工作的关键所在。

经过一番周密部署，淳化县公安局新的工作思路从2003年伊始步入实施，"深入基层、深入群众、深入人心"的口号就这样叫响了。

好似原野上第一枚绿色的芽眼，在略带寒意的煦风中绽放，梨花、苹果花、油菜花一样绚丽多姿，弥漫开来。

借我一双眼

淳化县公安局的"三深入"活动，要解决的一个核心问题，就是增强警民之间的信任度和亲和力，变被动应付为主动防控。

局长刘鹏说，公安基层工作的重点是群众资源，群众是否相信我们。"二十世纪八十年代，我骑车子下乡办案，在群众家吃饭掏两毛钱、四两粮票。现在一些公安人员下乡去的是干部家、有钱人家，接触一般平民老百姓少了。群众路线出了问题，是搞不好治安的。"

一天中午，方里镇华子山村杨来有去邻居徐正财家借架子车，发现徐老汉脚手被捆绑，身上和炕上有大量血迹，窑里被翻箱倒柜。县局办案人员经勘查和尸体检验，确定这是一起抢劫杀人案。死者徐正财，承担着在监狱劳改的哥哥的果园和侄子上大学的费用，真是绳在细处断。

办案人员以爷台山为中心，北到耀县、南至嵯峨山、东到三原，西到旬邑，展开全方位摸调。从华子山村一名群众反映的穿西服打领带的可疑人，到三里村群众说的一个自称护林员的"毛胡子"，从前年四月一位老婆婆被一个留着大胡子的人强奸，到一个村民说他两次被"毛胡子"抢了几十块钱还用刀伤了他的线索，终于查到去年在某村干零工的"毛胡子"系三原新兴人，名叫李德全。侦查员们多番周折，"毛胡子"终于被戴上了手铐。

历时70天，办案人员跑遍了四县33乡600余个村庄，总行程8万余里，案件终于成功告破。具体主管此案的姚景民大队长一语中的："借了群众一双眼"。

前年腊月二十六早晨，副局长吴安宁的手机响了，县煤矿二号井丁峰报告说："雷管库被盗了！"吴安宁急了，和局长刘鹏、政委葛耀明、副局长韩世荣迅速赶往案发地。吴安宁一个人向附近一户人家走去，"三深入"入户访问时他曾去过老人家里。大妈说，"昨个老李的碎娃到这边来转过"。吴安宁也去过老李家，知道他的小儿子李德兴在泾阳石场炸石头。

还躺在被窝里的李德兴很快被控制，刑警在屋里发现了粘有砖粉的撬杠，枕头上也有砖粉末。前后四个多小时，一起重大盗窃爆炸物品案便顺利告破。吴安宁副局长说："要不是开展'三深入'去入户，我也不会很快得到线索。如果排查煤矿人员，有外县的也有外省的，都回家过年了，这个年有多少人就过不安宁了。"

2003年夏季的一天晚上，秦庄乡西乐坊村的任兴有老汉，将晒干的3000多斤小麦装袋扎好，放在场畔上。5点钟醒来，咋不见麦子了？几天后，几个村子的村民都反映小麦和油菜也相继被盗。县境内发生粮食被盗案59起，计6万余斤。几个防控小组立即行动。警车开至贤仓村生产路口，发现一辆红色昌河车，昌河车见有警车尾追便加速行驶，至姚家学村口翻到了路旁。巡逻民警从车里拉出了两个嫌犯，车上装着刚偷来的粮食。

2005年3月8日晚上11时左右，兴安岭村朱正满老人听见窑门被人踹开，头部被硬物一击，苏醒后发现那头价值3000多元的母牛被抢走了。

9日凌晨1时10分，刑警大队长姚景民接到副局长韩世荣指示，立即通知在211国道石桥段巡逻防控的孙文华一起赶往兴安岭村。4时30分，村民吴秋锋主动告诉民警，他在昨天晚上11时回村时碰见一辆白色厢式货车停放在村外，车牌号尾数为"021"。侦查人员立即前往云阳收费站查看监控录像，在西安出租货车市场找到车主，说三个小伙雇车到淳化拉回来了一头牛，牛呢？已被送往一家屠宰场了。晚10时10分，当淳化刑警突然出现在歹徒华春锋面前时，他惊呆了："你们是神仙，能掐会算？"

夜半时分，兴安岭村燃起了篝火。10日深夜两点，母牛物归原主，接过刑警递来的牛，78岁的朱正满老人跪在了地上。

2004年冬季的一天早晨，马家镇李木庄村村民李某准备喂羊，却发现自家的9只奶山羊一只也没有了。这可是他们一家的命根子，夫妻俩靠着这奶山羊和五亩果园供养着两个大学生，羊丢了，拿什么给孩子交学费生活费啊？村里还有4户人家也丢失了11只奶山羊，说打"110"报警电话。村长说试一下，公安局搞"三深入"哩，兴许会管的。电话那头说："昨天晚上我局刑侦防控大队截住了一面包车奶山羊，请你们下来认领，一共是20只，没错吧？"

"神啦，公安局把羊截住了，叫下来领羊哩！"丢羊的人有的大声哭了起来。一个多小时后，县公安局院内鞭炮齐鸣，人们牵着失而复得的奶山羊，拉住民警的手不放。三年来，他们仅在防控中便抓获盗羊贼50余人，破获盗窃奶山羊案件百余起。

城关镇枣坪村居民赵建成，一家四口转了城镇户口，买了车跑运输。这辆五轮车花了28000元，两万元是借亲戚的。凌晨4时，赵建成发现车不见了。"110"接警后20分钟，正在石桥巡逻的大案中队民警赶了上来。

"喂，王队，润镇所一小时前截住了一辆五轮车，是五征牌，蓝色。"是"110"打的电话。"没错，枣坪丢的就是这辆车！"赵建成和媳妇好像是做了个噩梦，车刚丢就又回来了。

贫穷与亲情

　　大店乡巴村很偏远，赖合宝、王润莲老两口日子过得很清苦。前几年将山地退耕还林，能领到一些补助款，但缺的是户主赖合宝的身份证。老赖是个残废，走不出大山去照相。大娘找出自己的老照片，翻山越岭走了大半天，来到县公安局户政科。大娘说，一家人用谁的照片都一样。民警说，这不行。恰巧刘鹏局长来户政科，问清了缘由，不由得有些伤心。他拨通了城关派出所所长张军的手机，要求所里派人去给赖合宝照相，不要让老人再为身份证跑第二回了。
　　城关派出所民警高超、姚振毅当即带着相机赶往巴村，三天后又为王大娘送去身份证。不久后的一天，大娘带上自家的核桃、土鸡蛋，一路蹒跚来到县城要见"戴眼镜坨坨"的局长。刘鹏局长接住了老人递过来的核桃，并掏出100元钱塞到大娘手里。执拗不过，大娘只好收下了。
　　之后刘鹏局长亲自去了巴村几趟，带去一些生活用品，看望两位老人。最后老赖打开话匣子，讲起自己的往事。他七岁随父亲逃难到淳化以卖柴为生，后投奔共产党游击队,又随韩连长转入地下工作,被国民党识破被捕后打成重伤而终身残疾,组织关系也失散了。刘鹏局长将情况向县委组织部作了反映,在大店乡的一大堆尘封的旧文件中,调查人员找到一份50年代赖合宝党员身份的记录,老赖享受到了每年500元的扶助金。

城关镇屯庄村人席国华,从小随父母从河南逃荒来到淳化。因家境不好,有点腿疾,做了倒插门女婿。但他爱读书,通过自学当上了代理教师。因生下一子三女,公差也当不成了,栽种的苹果树病歪歪的不挂果子。

2004年深冬的一天,两个穿警服的人进了木椽支撑的窑洞,摸摸单薄的被褥,一股寒气袭上心头。这时,老席的小女儿爱爱放学回来,说参加作文竞赛得交八块五毛钱,父亲却不作声。那位老民警上前去说,"娃,甭哭!"从口袋摸出10元钱来俯身塞到了爱爱手中,另一个年轻民警将200元钱递给了老席。两位警察是吴江涛和张军。

第二天,更多的警察从自家拿来被子毛毯和衣服鞋帽,来到了席家的破窑里。色彩鲜艳的物品,立即使寒酸的土窑增加了光亮和温暖。县公安局干警你100,我50,转眼凑了6000多元,帮助老席乔迁新居。夏天到了,老席把第一车自己的西瓜拉到县城硬要送给派出所民警,被谢绝了,卖完西瓜一算账,还净收入了五六百元。之后民警又去县城北关小学联系免除学杂费,把老席17岁的二女儿插班到四年级就读,后来被评为"优秀少先队员"。二女儿叫快快,她与父亲商量,要知恩图报,将名字改成了"温暖"。

肖强是县上最偏僻穷困的安子哇人,2003年夏天,作为方圆第一个考上大学的肖强收到录取通知书,却拿不出每年8000多元的学费。村里当时人均年收入不过四五百元,他的父母身有残疾,到哪里为孩子凑学费呢?

肖强并不抱太大期望,但素昧平生的一封求助信却打动了公安局长。第二天,刘鹏和左树林、姚景民来到了肖强家,先给凑了2000块钱学费。他们得知一位民警的亲戚在咸阳慈善协会,帮忙为肖强每年资助学费4000元,县委领导又送去2000元学费,圆了清贫学子的大学梦。

柯玉根的民谣

我和吴安宁副局长在大店乡堡兴村找到柯玉根时,他正在果园里维修庵子。我们边走边聊,穿过了一片片落英缤纷的园林和绿色的麦田,来到了他盖有二层楼的家舍。柯玉根说,我今年56岁了,说实话,前多年我对民警有偏见,见了警察气就不打一处来。那时他还是个小伙子,派出所怀疑他兄弟俩偷盗,拳打脚踢,没证据却把他关了两个月零四天,弟弟被逼得跳崖摔伤了。他编过一段顺口溜：见了干部赔笑脸，见了群众斜瞪眼，歪着脖子吊着脸，长着一双势利眼。

　　2004年春上的一天，张军、张三团和屠露瑜来到村里，路上碰见了柯玉根，问他村里有生活困难的群众吗？柯玉根就拣了一个拾破烂的孤老汉，说引民警去看看。这老人叫徐启华，张军他们踏进破窑里，徐老汉睡在炕上，说他好几天没吃饱饭了。张军随手掏出钱递过去，徐老汉从来没想有人会白给他钱，"10块呀，这么大的钱！"柯玉根站在门口说："那是50块！"到了大雪天，民警又给徐老汉送来两床被子，春节前又捎来两斤猪肉，村上人说这脏老汉有福，还攀上了一帮子警察亲戚。

　　不久，柯玉根因欠基金会的钱，来人强行把他女儿拉走，打伤住了县医院。迫于无奈他还是去找派出所，民警热情接待了他，又一块去医院看他女儿。经调解，柯玉根拿到了给娃看病的520元钱，打人者也受到了治安处罚。从这儿，他逢人就说："警察是咱老百姓的保护神啊！"

　　这几年，兴堡村没发生一起治安案件。柯玉根和几个老汉一块高兴地说，老八路作风又回来啦！柯玉根编了新的顺口溜：民警进村下基层，百姓见了笑脸迎，问寒问暖问安全，管的事情说不完，民警心里装着咱，安居乐业笑开颜。

蔚然成风

2007年春天,我走过淳化的乡镇村落。在当年八路军将领留过影的老槐树下,看见了老树蓬勃的新芽。在标志醒目的乡村警务室,听到了民警与村民舒心的交谈。广阔的田园,正在酝酿一个丰收的年景。

基础不牢,地动山摇。眼前这一方平安,植根于警爱民、民拥警,警民一家亲的土壤之中。据统计,2003年全县各类刑事案件134起,到2006年发案75起,治安案件从531起下降到400起。社会治安满意度高达95.84%。

《陕西工作交流》曾刊登刘鹏《努力探索公安基础工作新路子》一文。省委领导批示,淳化县公安局加强基层基础工作的作法很好,如果每个县都能这样做,全省社会治安的状况肯定就会有一个新的更大的改观。随后,省委省政府办公厅批转了省公安厅党委的调查报告,省公安厅决定在全省公安机关开展"三深入"活动,推广淳化经验。公安部副部长孟宏伟一行专程到淳化进行调研,对"三深入"活动给予高度评价。

2006年,淳化县公安局被授予陕西省优秀公安局的光荣称号,集体记二等功。

淳化风,从古南豳"国风"的音韵中而来,从老区的红色旋律中而来,在新世纪充满希望的大地上徐徐吹过。

蔚然成风,必将孕育并奏响一部平安和谐的宏大乐章。

"铁市长"，是西安人送给张铁民市长的称呼。二十世纪七十年代末，张铁民调任西安市市长，虽说进了省会城市，但他在铜川工作时养成的做事果断，坚持原则，为老百姓办实事的工作作风一点没变。其实，这一称呼来自于他主政铜川时的事。据说，他在铜川的市政建设尤其是治理漆水河的艰巨工程中，雷厉风行，敢于碰硬，对拒绝参与市政建设的中央及省上驻铜单位实施强制措施，使工程圆满竣工，改善了市区环境，造福于铜川市民，从而得到了市民们的赞赏。"铁市长"的称呼就这样不胫而走了。我是铜川人，二十多岁离开家乡，可能是缘于乡情，便产生了对他的敬仰之情。

"铁市长"能成为我笔下的人物有这么一段往事。我当时在劳武巷警备区招待所内的市文联《长安》文学杂志做编辑，每天从大雁塔附近的家中骑自行车上班，几乎穿越整个城区。当时的媒体上时不时就会有市长出行的新闻,而更多真实生动的有关市长的话题却来自普通市民的传言中。在我看来,"铁市长"在特殊的社会环境下彰显的工作作风和人格魅力,正是中华民族精神的张扬和世道人心的所向。

1984年夏秋之际,我去拜访《延河》副主编晓雷。我们两人在谈到报告文学的选题时,不知不觉地便谈到了"铁市长"这个题材。对于如何写"铁市长",说老实话,我也没有十分的把握,只答应试试看。这之后,我在当编辑之余,抽出时间赶到了北院门市政府办公厅,向这里的负责人说明了我的来意。在市长身边工作的一位五十多岁的女同志,听说我要写"铁市长",马上放下手头的事,很激动地向我讲述起"铁市长"的故事来。这位女同志说:"铁市长"病了,正在省医院接受治疗,我们联系一下,争取找他本人谈谈。之后的采访在断断续续地进行着。一个秋雨天的午后,我如约骑车子赶到了省医院干部病房采访铁市长。秘书胡太平在门口等我,带我走进一楼南面的一间病房。市长显然是刚刚接受完治疗,从病床上走到外边的会客室。他很爽朗地笑着,吩咐我坐在沙发上,然后点燃一支烟亲切地同我攀谈。谈到采访,张市长真实的想法是:原先是不愿意让人写他自己的,现在想想,快到站了,总结一下工作也好。有经验也有教训。我为他的坦率所感动。他特意提醒我,写的时候,要注意分寸,不要只写了他的好而显得别人不好。他让我先多听听别人的意见，然后需要他谈什么，他会坦诚地如实讲出来的。他一边说，一边给胡太平交代，提到需要采访的市委、市政府及一些部门的领导和工作人员，还把熟悉情况的一些人名让我记下来由胡秘书负责联系。接下来，我和胡秘书相约，由他引见或联络，我有时乘车有时骑自行车，有时还步行着在西安的大街小巷追寻"铁市长"的足迹。在一个月前后的时间里，挨个儿寻访遍了与市长故事有关的人和事。在采访中，我深切地体会到，无论是领导、同事还是普通市民，他们所讲述的事情已经不只是具有传奇色彩，而是以确凿的事实、栩栩如生的细节引领我深入那些感人至深的事件之中。在同张市长家人的交谈中，我从他妻子儿女讲到的那些家务事中可以察觉到他们善意地抱怨他在大公无私方面对家人不近情理的地方。正是从这些来自各方面的采访素材，愈来愈使我走近了张铁民这位西安市市长既平凡又不平静的情感世界。

  我用几个月的时间采访了近百人，采访笔记记了十几万字。之后，我用了十多天的时间，写出了有五六万字的初稿《张铁民市长》。1984年末，我将初稿送到仍在住院的张市长审读，这前后他已任省人大常委会副主任，病情在渐渐恶化。他花了十多天时间，坚持在病床上读完了原稿，并做了多处更正和修改。之后，我把第二稿送到了《延河》编辑部，在晓雷的建议下作品的标题改为《市长张铁民》，修改后的稿子本意是让有关部门审读并签署意见发表。但稿子送出去，就没见回复。最后，只得由作者、编者和主人公本人负责了。《市长张铁民》很快在《延河》1985年第五六期发表。当我把刊物送到张市长的手里时，他真切地说：谢谢。后来我问过胡太平，他说市长是在病床上断断续续读完的，医生多次劝说市长不能再劳累，要好好休养。谁知，没过几个月，张市长的病情严重恶化，一口痰没上来，就离开人世了。一个深受普通百姓爱戴的市长就这样走了，他因积劳成疾病退二线，六十多岁便离开人世，铁市长的死，更使他的生命价值在人们心中得到了升华。"铁市长"的称呼，几乎成了敢于负责、为老百姓办事、铁骨柔肠的领导干部的代名词。报告文学《市长张铁民》在两年一届的中国作家协会第四届（1985—1986）全国优秀报告文学评奖中榜上有名。先后担任陕西省作家协会党组书记兼副主席、省委宣传部副部长、省文化厅厅长的李若冰作为评委，很高兴地说，这篇作品填补了陕西乃至西北作家在全国报告文学获奖方面的空白，在反映市长现实生活题材方面也是不多见的，难能可贵的。接着，华岳文艺出版社推出了《市长张铁民》单行本，请原市委书记何承华作了序。在序言中，除肯定了作品的思想性和艺术性，强调了市委、市政府在原则问题上的一致态度，也指出了作品内容"挂一漏万"的局限，这是我采访还不够深入细致，构思还欠得当的缺憾，看来，这些缺憾只能在出版书的序中弥补了。之后，作品被收入省纪委编辑的发行广泛的《陕西党风建设》一书。近些年来，陆续被载入多种全国性经典选本及网站。随后，以报告文学《市长张铁民》为脚本的电视剧也投入筹拍。可是六集电视连续剧却好事多磨：或因剧情需要调整而下马，或因经费不足而搁浅。三起三落。好在《市长张铁民》最终还是上马了。第三个摄制组仍由我担任编剧，由郑定于老师继续任艺术指导，并亲自在韩小磊的原导演工作台本基础上进行改编；请李默然、陶玉玲、刘法鲁、李万年、蒋雯丽等出演主要角色，由万盛华、杨宝石任导演。从电视剧开始筹拍到完成拍摄时间已经过去了三年，《铁市长》终于拍摄完成，我也长出了一口气：总算了却了一桩心事。1991年7月1日，中央电视台在一频道黄金时段开播《铁市长》，陕西、西安电视台同时播放。此剧是在建党七十周年全国优秀电视剧展播中作为第一部播出的，后获得该项"展播优秀奖""全国五个一工程奖""飞天奖""西北首届电视剧特别奖"等多项大奖。作家李若冰、路遥，评论家王愚、肖云儒、李星等，或在电视专题中作访谈，或撰写文章在《陕西日报》等报刊整版推出，在文化界、政界和社会各界形成了当时的"铁市长热"。

纪念改革开放三十年，每个人都会有许多感触。我也想过，张铁民这位普通的市长之所以能得到广大市民的拥护，是因为在他身上体现了一个共产党员的品格，比如他的坚持原则，敢于犯上；比如他的亲民作风，为群众办实事等等。铁市长所处的时代是改革开放初期，用现在的话来说，他关注民生，为民服务的公仆思想以及城市管理的理念和探索都具有非常重要的现实作用和时代意义。当代作家，能亲历这样的一场变革，并用笔记录一位改革历程中风云人物的所思所想，这段经历也成了我人生中一段难忘的回忆。

寻谒柳青墓

牛年，柳芽发的时节，春阳温煦，我在面朝终南山和蛤蟆滩的神禾原上踱躞，寻谒柳青墓。不记得这个方位有村庄，是一片宽阔的黄土原野，那小小的坟冢在显眼的土丘上，远远就瞅见了。我在眼下的村巷里从东到西，又从西到东，走了一个来回，向南走过几个巷道，也没如愿。借问柳青"在阿达"，村童遥指"在吾达"，有说一千米，有说一二百米。终于，在一个红砖围墙的背巷面南的铁栅栏门外，望见了亲爱的尊敬的柳青墓。柳青青，风飘飘，是那位写过《创业史》的作家的灵魂在这方圆游荡吗？

我记得聆听过柳青晚年的谈话，那是透过口罩伴随咳嗽气喘发出的嘶哑的声音。搞文学创作"是愚人的事业""六十年一个单元""大写的人字"，这掷地有声的话，被后学们视为惊人之语，咀嚼不尽。

想起二十世纪八十年代，我在新成立的西安市作家协会供职，办公场所是距钟楼一步之遥的西北角社会三路五十五号的小阁楼里。说是小阁楼雅了点，其实就是十几平方米的单面简易瓦房，有人戏称"小土地庙"。平凹坐在我对面，开始写《浮躁》。作协办了文学讲习所，在新城剧场人满为患，门票攒了几千元，为柳青修缮了墓碑。那天，清明雨纷纷，柳青的子女赶来祭拜。之前坟茔杂草丛生，污秽不堪，让人心寒。上了年纪的王家斌，也就是那个课本中让一代人羡慕的卖稻种的人，而且与改霞爱得不得了又终未成眷属的梁生宝，他站在坟茔前说，多年前他和柳青站在这儿，望着终南山和蛤蟆滩，说这儿是好风水，约好死后一起埋在这儿，做个伴儿。一个在坟里头，一个在坟外头，那情景让人心碎。

  过了几年，我要去海南岛前不久，约朱鸿一起拜谒柳青墓。显然苍老了许多的王家斌，不能带我们爬上高高的神禾原，讲他与柳青有一个约定的故事了。他死了老婆，儿女生活困难，年轻时给集体干，下了不少苦，老了落一身病，和一头老黄牛为伴，在饲养棚里过活。那天夜里，我们和课本中敬仰的梁生宝，也就是晚年困顿的王家斌蜷曲在一个土炕上说柳青，炕下是牛圈，话语和睡梦里充满了浓烈的粪土味。之后，听说王家斌去世了，不知是否履行了他与柳青的那个约定？埋在哪儿了？倒是应了"不求同日生，但求同日死"的古语，他俩竟然是同一个忌日。身后的事，由不了亡人，还是自己办得好。冥冥之中,让人浩叹这其中的秘密。

墓园红砖墙下的小路折向栅栏门,前面是一片泛青的麦田。原下是迷蒙的河川田畴,再远处是淡灰色的终南山脉。柳青笔下那么倾尽心血与诗情描摹过的美丽富饶的土地,就在眼前又一度苏醒。我回望了一下暖意中柳丝拂动的墓园,心想,人民作家柳青,一定透过他那圆圆的黑边眼镜,用深邃、警觉而忧郁中饱含希望的目光,窥见了这多年后生生不息的新的风景。

墓园旁边,一位戴草帽的老人,在佝偻着身子锄麦子。我走上前去,叫了声乡党叔,递上一支烟,一起蹴在地畔攀谈。我想,他黑里透红的满脸褶皱的样子和我记忆中的梁生宝,不,王家斌有相似的神气。他说,王家斌要是活着,恐怕都是快八十几的人了,好人,不容易。说到天旱,麦子的墒情还好,他说咱原上靠天吃饭,这地争气。这一片子地多年一直是他种着,后来柳青墓征了一亩八分地,补了几千块钱。不是钱的事,老柳人好,为庄稼汉写书,给后人留个作念。一位农妇,牵一只奶羊从陡峭的土崖小道上爬上坡来,两只小羊羔喃喃叫唤着,又脆又亮。她与荷锄的老者搭讪着量晴校雨的庄稼人的话,问进城打工的子女寻到的是啥活儿,日子好过了吧。

风有点硬,一只鸟儿,从远处缓缓滑翔到了原畔的空中,翅膀一动不动,凭借莽莽河川里蒸腾的气流,专注却超脱似地巡视着低处的事物。我想，它可能是一只鹰鹞。毕竟节气不饶人，该是春暖花开的时候了。

过日喀则

过雅鲁藏布江大桥，江水宽阔汹涌。绕过经幡飘舞的山嘴，车子爬上馒头似的大山，迂曲蜿蜒，道路十分惊险。好在路面平坦整洁，只是坡度大，转弯急促。几十道弯后，爬上山顶，看见绿毡一样的浅浅草皮上，零星地洒着牦牛和羊群。

下了山是羊湖淖，路边有长发飘舞的藏民牵着威武的藏獒，让你走进强悍与野性的境地，提供游客留影服务。谷底有峭拔的雪峰，冰瀑布的悬崖，感觉奇冷。厕所却非常洁净，一元入内。一藏民小伙子热情地与我套近乎，讨要一支香烟抽，就像熟识的兄弟。我也被小伙子优惠，购买了他二十元一颗的所谓鸡血石。

沿河谷而下，山秃秃的，发灰发红，有开的小矿山。田地正在收获青稞，地里有垛，晒场上牛马拉着碌碡在碾打颗粒。有起场的、扬场的、装颗籽的，在老家消失了几十年的晒场上的景象，又在这异域出现了，或者说是保存完好。牛粪一垛垛，或摞成院墙，是仓储的燃料。

经一寺院，寺塔高大庄严，僧人络绎不绝。我在寺外小摊上购买了一只旧铜壶，是烧酥油茶用的。经一古堡，在这里曾与英国人交战过。

夜宿日喀则，酒店金碧辉煌，充满异域风情。大堂内的店铺，尽是当地或尼泊尔的金银首饰，非常惹眼。

清晨，参观扎布伦寺。此寺为达赖一世在十五世纪建造，气势宏伟，庄重肃穆，从古到今香客如云。排队进入寺殿，撞响头顶的铜钟步入大殿，上贡哈达、酥油或钱币。寺内街巷错落，塔楼层层叠叠，有如一座迷宫。寺外，有盲人歌者，竭力弹唱，而施舍者不全是富贵之人。

寺院广场上，突然来了一群洋人，是欧美自行车旅行团。一个个高大威猛，在香客们的簇拥下耍了几个拿手车技把戏，呼啸着一路奔驰而去。

在雅鲁藏布江边的一个小镇上用餐，是一家地道的川菜馆。店铺旁边几个藏民，是刚从拉萨朝拜归来，在帐篷下喝酥油奶茶，用小刀削吃羊排肉，说是冬天风干的，生的，吃得很香。吃罢，收拾行李，搭农用车归去了。

小憩于江边交通检测站，一个小女孩走过来，请教游客英语。旅伴有人教她"欢迎来西藏"等词汇，小女孩学得很认真。她说，阿妈病了，没有再上学，想学好英语，长大当导游。游客们被漂亮又大方的小女孩感动了，纷纷拿出钱来资助她。

入夜回到拉萨，在天南海北酒店喝了辞行酒。当然是青稞酒。明日，各奔东西，藏乡之行从此如梦如幻，伴你上路。

过日喀则

和谷

过雅鲁藏布江大桥，江水宽阔汹涌。绕过经幡飘舞的山嘴，车子爬上馒头似的大山，迂曲蜿蜒，道路十分惊险。好在路面平坦整洁，只是坡度大。转弯急促，几十道弯后，爬上山顶，看见绿毡一样的浅浅草皮上，零星地撒着牦牛和羊群。

下了山是羊湖滩，路边有长发飘舞的藏民牵着威武的藏獒，让你走进强悍与野性的境地，提供游客留影服务。谷底有峭拔的雪峰，冰瀑布的悬挂，感觉奇冷。厕所却非常洁净，一元人内。一藏民小伙子热情地与我套近乎，讨要一支香烟抽，就像熟识的兄弟。我也被小伙子低惠，购买了他20元一颗的所谓鸡血石。

沿河谷而下，山秃秃的，发灰发红，有开的小矿山。田地正在收获青稞，地里有垛，晒场上牛马拉着碌碡在碾打颗粒。有起场的、扬场的、装颗杆的，在老家消失了几十年的晒场上的景象，又在这异域出现了，或者说是保存完好。牛粪一梁梁，或摞成院墙，是仓储的燃料。

经一寺院，寺塔高大庄严，僧人络绎不绝。在寺外小摊上购买了一只旧铜壶，是烧酥油油茶用的。经一古堡，在这里曾与英国人交战过。

夜宿日喀则，酒店金碧辉煌，充满异域风情。大堂内的店铺，尽是当地或尼泊尔的金银首饰，非常惹眼。

清晨，参观扎布伦寺。此寺为达赖一世在15世纪建造，气势宏伟，庄重肃穆，从古到今香客如云。排队进入寺殿，撞响头顶的铜钟步入大殿，上面哈达、酥油或钱币。寺内街巷错落，塔楼层层叠叠，有如一座迷宫。寺外，有盲人歌者，竭力弹唱，而施金者不全是富贵之人。

寺院广场上，突然来了一群洋人，是欧美自行车旅行团。一个个高大威猛，在香客们的簇拥下要了几个拿手车技把戏，呼啸着一路奔驰而去。

在雅鲁藏布江边的一个小镇上用餐，是一家地道的川菜馆。店铺旁边几个藏民，是刚从拉萨朝拜归来，在帐篷下喝酥油奶茶，用小刀削吃羊排肉，说是冬天风干的，生的，吃得很香。吃罢，收拾行李，搭农用车归去了。

小憩于江边交通检测站，一个小女孩走过来，请教游客英语。旅伴有人教她"欢迎来西藏"等词汇，小女孩学得很认真。她说，阿妈病了，没有再上学，想学好英语，长大当导游。游客们被漂亮又大方的小女孩感动了，纷纷拿出钱来资助她。

入夜回到拉萨，在天南海北酒店喝了辞行酒。当然是青稞酒。明日，各奔东西，藏乡之行从此如梦如幻，伴你上路。

去拉萨

乘飞机去拉萨。西安大雨如注，当飞机凌空而起，乌云之上却是蓝天白云。乘客有外国人，但大多是内地游客，一部分是能说普通话甚至陕西话的藏民。

到达拉萨贡嘎机场，望身后大山苍茫，白云，蓝天，艳阳高照，风丝溜溜地吹，爽朗极了。司机是个老陕，长安郭杜人，他当兵复员到拉萨，也是五十开外的人了。跑这么远，也还好像没离开陕西。乘车六十公里住拉萨市区，跨过蓝得发亮的宽阔的雅鲁藏布江，穿过长长的隧道，过了拉萨河，道路的现代感与内地无异。江河漫流，河床开阔，天在水中，水在天上，如此清澈透明的山水画，如此美丽的大自然，我一生都很少见到过。山裸露着，有沙梁，川道里是田畴，方形的石垒的两层小屋组成的村落，牦牛，羊只，都那么安详地低头吃草，没有一只抬头张望，完全不理会周围的世界有什么动静。没见到牧人，有小拖拉机在犁地，有背东西的老妇人携着小孩儿，那么弯着腰的姿势，默默赶路。

车到拉萨，远远地看见了楼房后面的布达拉宫。入住的雅鲁藏布大酒店奢华之极，西安的西式大酒店不少，如此有藏族文化品位的建筑，令人顿生尊贵之慨。一半是高原，一半是深渊，主人创造了奇迹中的奇迹。

说是世界上唯一能住的博物馆，淘宝的仓储区，每移一步都是铜制的罐、桶、锅、酒器，或油画、唐卡、藏文图案，有兽骨雕、藏传佛尊佛塔、转经筒。藏十二生肖与汉人相似，只是有的称鸡为乌鸦。从建筑到文物到装饰品，都透出异域、古老和豪华的气质。在大殿用餐，当中的饰品是羊毛毯子，摆件是宝石和铜壶，方椅的边角是用有云纹图案的铜皮包裹的，对黄金，对金色的崇尚，无以复加。用餐说是有川味，十分可口，一品菜是酥油人参果，甜甜膻膻的，便是藏味了。我斗胆与藏族主人对饮了一杯青稞啤酒，尽管初入高原者是不可饮酒的，我尽管头有点沉，想是这异域的环境气氛和感觉，远离喧嚣都市的宁静和超脱让我有醉意了。席间，藏族的歌舞如仙乐，但黝黑的少男少女似乎刚刚从牧场归来，有着纯净的眸子。

主人说，昨天当雄发生6.8级地震，不足百里之距的拉萨也震感强烈。翌日晚上，我躺在雅鲁藏布大酒店的床榻上，感觉到了屋子的剧烈摇晃，是地震。楼道里已有人在慌恐地喊地震了，人们从楼上跑下来，站在了大楼外。仓皇逃出屋顶遮蔽的旅客中，有穿睡袍的外国老人。只是我在下楼时，发现三几个着西装领带的酒店人员跨台阶向楼上跑去，职责胜于个人的生命安危。过了半个小时，酒店人员分别用中英文向客人介绍情况，说百里之外的当雄又发生了5.2级地震，人们虚惊一场。

站在布达拉宫脚下，才能感觉到它的高大雄伟。一群小鸟在宫殿顶端旋飞，有几只黑色的大鸟在滑翔。

先是在广场上拍照，又在半山脚拍，后来在攀登的仰视中找到了最佳位置。一角的宫顶高处，一群藏族女子呼着号子在夯修屋顶，那才是天地间最美的舞台，背景是伸手可以摘下来的片云，再远处是苍山蓝天。

拾阶而上，有欧美人种，有藏人，有内地游客，也有扛木头的维修工人。宫殿是土木石结构，一道道斑驳的宫门，琳琅的殿堂，金身塑像与佛塔，酥油味的甜腻中一苗苗黄中带白的烛火。迷宫一样到达喇嘛坐禅会客的本宫，小窗外是拉萨的全景和呼呼吹起来的清新的风。

大昭寺的门面并没有想象的高大，浓郁的酥油味一下子拥抱了你。金色寺顶装饰璀璨，佛像众多，是一个神所居住的世界。我特意找到了松赞干布，他的一旁是尼泊尔公主，另一旁则是我所要拜见的来自大唐长安的文成公主。我凝视了她久久，认出了长安老家来的人了吗？在此购了几件藏银首饰和玉石手镯，以为它一定是真的。门口一棵古树在风中阳光中呼吸，它是唐文成公主手植的吗？我在树下乘凉，与老藏民、红袈裟人一排坐靠在石栏杆上。眼前广场上是跪拜的人群，在磕长头，起起伏伏，错落有致，波浪一样持续着，是一个个生命在向主宰命运的神灵祈求。

内地有农家乐，拉萨有藏家乐。在小巷里寻到一处藏家，吃到了青稞酒、酥油茶、奶茶、羊腿、牛肉包子、手掌参鸭汤，还有辣子醋调面条。牦牛肉的粗纤维，让我想到小时候在老家偶尔尝到的刚煮出锅的黄牛肉的香味。

绕着大昭寺，在八廓街走一圈，需半个多钟头。各种金银铜器，各种织品，稀奇的古玩，让人目不暇接。我注视了一些牦牛骡马的铃铛，还有古旧的铜壶银器，它们有怎样久远的故事呢？

纳木错湖

与青藏铁路线同行，车到羊八井。此处有地热发电，可供一部分拉萨用电。近处是雪山，阳光里飘着星星点点的雪花。很冷，风很大。

往当雄方向，前不久发生地震，路边学校的孩子在操场上读书。沿途山脉平缓，草甸辽阔，牦牛和羊群一直漫到高坡上去。在一个小镇子上用餐，屋后是草场，远远听见歌声，踏寻而去，是两个女牧人在唱牧歌。虽然听不懂一个字的歌词，但那朴素、低沉而优美的歌声，却让人为之陶醉。同行者想用现代设备录下这歌声，唤女牧人过来，说是给十块钱，让她们接着唱，可女牧人怎么也开不了口。她们第一次从录像机里看到自己的面容，笑成了一朵花。她们说，只有对着牦牛才能唱出歌，她们的歌平时是唱给牦牛听的。她们背过身，向牦牛走去，歌声又响起来了。雪山下，草地上，女牧人渐渐消失在牦牛群之中，微风把歌声捎了过来。

爬山上纳木错山口，四面雪山，脚下是几尺厚的雪，阳光灿烂，雪花飘舞。可以看见山口那边一片湛蓝，便是纳木错湖。在辽阔的草原上，一条黛色路箭一样射向天边，一边是连接雪山的雪原，一边是连接湖水的草地。白的，绿的，蓝的，组成了几何形的色彩构图，煞是奇妙。

湖边有羊皮筏，只能在湖边沿试水。清清的湖水深不可测，如海浪一样涨落。此湖来自爱情的传说，无非是泪水汇聚而成。刚才一路过来的雪山为念青唐古拉山，山是男人，纳木错湖是女人，一阳一阴，相依相恋，直到永远。有牛年转山、羊年转湖的说法，朝湖的人绕湖一周祭祀神灵。捧起湖水饮一口，微咸，是少女泪水的气味吧。湖边有藏民的帐篷，养有藏獒，是经营旅游生意的。

在绕湖观光的车上，来自汉、蒙、回、壮、藏等西部省区的同行者，唱起了各民族的歌。但高原缺氧，气不够用，有人需要吸氧，有人流鼻血了。雪山上冷，要穿皮夹克，湖边太阳出来，又晒得光膀子发疼。

纳木错湖，是一个人烟罕至的地方。因为空旷，而成为人们亲近大自然的自由天地。生活于此的牧人，在观望远方客人，他们也许不知道远方世界的喧嚣，只知旅客的阔绰。客人也羡慕牧人所拥有的空间，又有谁肯把纳木错湖变成那个瓦尔登湖，让人性回归自然本原呢？只是一个过客，感慨一番自然风光，又回到熙熙攘攘的都市里去了。

秦岭论语

当我们打开中国地图，注目于版图正中央的时候，就会惊奇地发现一座唯一自西向东的最高山脉，它便是秦岭。正是因为有了秦岭的存在，雄伟的北方与秀美的南方才有了分界线的依据，并由此形成黄河与长江的分水岭，徐徐展开了一幅相得益彰的壮丽的中国山水画卷。巍峨的秦岭，脉起昆仑，尾衔嵩岳，苍龙一样盘踞在华夏大地的中央。因为有秦岭的气候屏障和水源滋养，才会有八百里秦川的风调雨顺，周、秦、汉、唐的绝代风华。经历一次次磨难之后，这座与人类社会最繁盛的古代文明距离最近的山脉本该荡然无存，但它为何屹立不衰，至今仍保留着最自然的生态系统？

秦岭古称"南山"，《诗经》有"节彼南山"。始见于《史记》，谓"秦岭天下之大阻也"。李四光认为，秦岭是东亚皱褶带中最坚强的一个，不仅决定着华中地质构造，且影响日本的构造形式。有专家把中国大地构

造格架概括为"三横两竖两个三角",其中一横是北部的天山—阴山—燕山,居于中部的则是昆仑—秦岭—大别山和南岭。秦岭北部的渭河,是黄河最大的支流。渭河发源于陇,流入关中后便接纳了秦岭北麓七十二峪的水流,在秦岭东端汇入晋陕峡谷中奔腾而下黄河,折流东去。秦岭南部的汉江,是长江最大的支流。汉江发源于秦岭南麓的西端,一路东去,汇入跃出三峡的滚滚长江。发源于秦岭的汉江因南水北调而输送进京,这一带已成为首都的水源区。

秦岭东西横亘,挡住了由东南往西北从太平洋吹来的季风带来的水汽,也挡住了北方频频南下的寒流,使秦岭以北气候干旱、千沟万壑的黄土高原成为其典型的景观,而秦岭以南则降雨丰沛形成一派江南景象,汉中和四川盆地则完全享受着秦岭的庇护和恩惠。其实南北景观的分界,并不是从秦岭山顶的脊线开始的,因为高山能使气温降低,因此北方的植被等景观在秦岭南坡的某一海拔高度就开始出现了。在秦岭深山,便出现了"一山有四季,十里不同天"的奇观。人们所说的中国人的南北差异,譬如在饮食上北麦南稻、在交通上的南船北马等现象,则是从秦岭南北出现的。秦岭之南,为什么有专吃竹叶的大熊猫,有离不开水田的珍稀鸟类朱鹮,还有羚牛和金丝猴,而秦岭之北,却见不到这些动物的踪影?动物学家认为,秦岭将动物区系划分为古北界和东洋界,是世界上少有的珍稀动物园。秦岭蕴藏的物质能量,哺育了古长安繁华的京畿之地和富可偏安的陕南盆地,为历代统治者雄视百代的宏图大略提供了富足的物质保障。早在秦朝就在西出阿房宫的秦岭北麓修筑皇家花园,汉武帝常在秦岭北坡一线训练骑兵并修建了上林苑,而唐代皇家别墅就建成在皇甫峪中。不仅皇家在此广筑园林,官绅亦追随其后,其中以王维的辋川别墅最负盛名。有人认为,如果仅从行政管理的效率考虑,陕西与四川的省界以秦岭的山脊为界比较合理,但历代统治者偏偏把自然和文化性质属于南方的秦岭以南的汉中盆地划归陕西,汉中就像是兵马俑伸进四川的一只脚。"栈阁北来连陇蜀",秦岭间南北向的深切河谷,自古就是南北交通孔道。"千里栈道"在古代文化交流和经济来往上,都发挥了重要的作用。今天翻越秦岭沟通南北的铁路和公路,也都基本上是沿着这些河谷修筑的。穿越秦岭的宝成铁路以及西康铁路是中国铁道史上的一大壮举,西汉高速公路的建成通车更是二十一世纪的奇迹。

秦岭论语因为有秦岭的气候屏障和水源滋养,才会有八百里秦川的风调雨顺。南是秦岭,北是渭北高原,西是陇山,东是黄河。长安城千年文明的铸就和形成世界四大古都的显赫地位,当然与兵家必争之地的秦岭有着密不可分的联系。秦人出潼关,横扫六国天下一统。汉高祖的大军，是经过武关杀进关中灭了秦朝。蓝关道是唐朝发配京官南下的必经之路。公元820年，唐宪宗在法门寺大开水陆法会，韩愈感到耗资巨大弹劾此事，惹恼了皇帝，当日被免去长安市长并遭流放。时年五十二岁的他走在这复返无望的路上，发出"云横秦岭家何在"的喟叹。北宋时岳家军与金兀术刀戈相向，而陆游的"铁马秋风大散关"，成为无数英雄的终极梦境。

《中国国家地理》杂志社单之蔷认为：陕西是中国的DNA库，秦俑和唐仕女就是中国审美的制造标准，秦岭则是中国人的中央国家公园，太白山则是中国东部的雪山。李白有"西当太白有鸟道，可以横绝峨眉巅"，苏轼有"岩崖已奇绝，冰雪竟雕皱"，祖咏有"终南阴岭秀，积雪浮云端，林表明霁色，城中增暮寒"的千古诗句。"一骑红尘妃子笑，无人知是荔枝来"，以及白居易笔下的"伐薪烧炭南山中"就发生在秦岭。"明修栈道，暗度陈仓"，"诸葛亮木牛流马"，药王孙思邈采药的栈道等也在秦岭。秦岭道观与古寺数量之多，可谓"一片白云遮不住，满山红叶尽为僧。"玄奘被誉为"中国的佛"，他在生前称终南山为"众山之祖"，死后归葬的地方，一眼就能看见终南山。

为什么有人说，秦岭是中国的一叶肺？西周及春秋战国时期，秦岭北坡尚有较丰富的森林。唐时终南山上的森林仍不时受到称道。之后常绿阔叶与落叶阔叶混交林除局部地段有保存外，基本上已消失。同时，大片的人工林再逐年增多，改变了原来的森林结构和外貌。西安人喜欢把秦岭称为自己城市的后花园，更是中国人的中央国家公园。这座和人类社会最繁盛的古代文明距离最近的山脉，竟然保留下来最自然的原生态。

华山，秦岭中东部一座著名的山峰。这座山峰命名为'华'，她已暗合了华山作为坐标原点的地位，承载着华夏文明的地理、思想、政治、文化之矩。人类在繁衍生息过程中，逐水而居，水为人类提供了生存的物质基础，故黄河和长江被誉为中华民族母亲河。于是秦岭充当了界定南北这一自然法度和承载精神法度的父亲角色。这座父亲山从来没有被外族强虏所染指，既就是外来文化的佛教和基督教，也是被茫茫秦岭所吞没融化入华夏文明之中。

在这条山脉北部的关中平原上，矗立着中华民族历史上最具影响力的几十个帝王的陵寝，对秦岭山脉意味着什么？秦岭付出了怎样的代价？到了近代，尤其是最近几十年间，人类生产力水平以惊人的速度提升，对自然的影响力和破坏力已经远远超乎了自身的想象，地球生态系统已经变得面目全非。然而，秦岭却是一个例外。在经历一次次严重的人为干扰和破坏之后，秦岭依然能够保持其苍翠，依然庇护众多生灵于其博大的胸怀之中，依然位居全球生物多样性关键地区之一。在欧洲，与秦岭位置相似的阿尔卑斯山的大型野生动物早已被人类屠杀得一干二净。在中国文化中,人对自然始终充满敬畏和友善。

深秋,山民们将树上的果实并不摘尽,特意留一些给鸟和野兽吃。秦岭山民有着朴素的天人合一的认识,上苍赐予我们秦岭这份得天独厚的礼物,我们的内心充满感激与珍惜。

锄头与鼠标

春天又来了，
我扛着锄头走在故园的土路上，
在苹果园耕耘。
挖了一棵碗口壮的核桃树，
移栽到小学堂住舍的门前。

阳光很暖，
风很暖，
土味很暖。

找在屏幕上偷菜的侄子，
我用新茧手按动鼠标，
手有点疼，
后背上的汗凉凉的。

打开邮箱和博客,
我又进入刚刚逃出的都市,
忘却了身在桃花源里。

归去来兮,
田园将芜胡不归?

锄头与鼠标,
现代耕读生活,
平静如春天的柳芽。

锄头是最后的守望,
而乡下老鼠已极少见,
猫仍然妩媚。
鼠标却在庄稼人后代的手指间,
窜来窜去,
闪着诡异的眸子。

红苕诗

端午节后的一个傍晚,我站在老家的田地里,挥舞着四十年后重逢的镢头,挖出稿纸格子一样的湿润的土坑儿。白发苍苍的老母亲,跟在后面佝偻着腰,栽种一棵棵被日头晒蔫了的红苕苗。弟媳妇从地头窖里吊起水,一桶底黏稠的水,一碗水浇三棵红苕苗。侄子说红苕不好吃,没有一起来地里,在家中电脑网上狂奔。

老母亲夸我的坑儿挖得好,像小时候写的字一样端正。我回乡务农时十七八岁,正是青春年少,如今栽种红苕的手艺没有忘,就像忘不了母亲慈眉善目的面孔,忘不了老家沟壑纵横的模样。

三弟卸了村长的任,买了台电脑玩儿,与在延安石油上的女儿视频对话,我也用五笔打上几句话,像挥舞镢头寻思操作的记忆。我也快提前退休了,四十年前是从镇上中学，四十年后是从省城，又一次回到老家的土地上。故园将芜，归去来兮。

红苕是农事诗，是诗的生活与人生。我在这个傍晚，在老家土原上，栽种完几十行红苕，搀着老母亲荷锄回家。炊烟袅袅，鸡犬之声相闻，这是温暖的怀抱，我这四十年都跑到哪里去了？

月光夜归人

土原苍茫，沟壑幽深，小路蜿蜒，月光下我又回老家。一阵大风起兮，沙尘暴朝我扑来，是我的春天的故土，站了起来，飞舞了起来，迎迓她的游子回家。

没有灯光，没有人声鼎沸，老家疲倦地睡着了。我把脚步放得轻轻，怎么狗也不叫了？噢，是它的鼻子已经嗅熟了主人的气味，一位少小离家老大回的主人。

推开家门，年迈的父母未眠，牵动了风筝似的灯绳，拥抱我的是宁静的光明，一颗心终于停泊了。

辣子回来了

在老家住舍，拾掇从城里搬回来的物什，发现了一瓶辣子，猩红地守在它的住舍里。

辣子是母亲种的，几年前捎到城里，没有吃完，或是舍不得吃完。曾经的八年海南岛生涯，也没少了老家地里长的辣子。油泼辣子，胜过世界上任何滋味。

不知怎么夹带着把辣子弄回来了，又把石头背回了山里，有点完璧归赵或物归原主。母亲说，辣子惜惶的，从城里逛了一圈儿，又回来了。

收麦子

庄稼人说，清明过后六十天搭镰收麦。节气不饶人，但今年收麦的日子，在老家晚了十天。

过去，收麦子是龙口夺食，是庄稼人的头等大事。今天，粮食不值钱，收麦已经成为庄稼汉打工挣钱之外的一个捎带。尽管如此，收麦子仍是一件大事。更多的是庄稼汉对于粮食的固有情感，一粒粒麦子比日益膨胀的钱币更可靠。磨成面，就可以吃捞面蒸白蒸馍，过上幸福的日子了。但如今用大钱的地方太多，没钱也是寸步难行。

多年前，是用镰刀收割，近年用收割机。三年前收割一亩麦子二十元工钱，今年是五十元，人都说，啥都涨了。毕竟，人出力少了，人均一二亩麦子，三几天就完事。听说哪里还是用镰刀收割，甚至于还养牛种地，老家人嘲笑说，那里咋还是原始社会？其实应该说是农耕社会，农业机械化在老家早早实现了。

苦苣诗画

天很热。我在园子里拔剌荆,洋花种了不少,没出多少苗,杂草却旺盛地长了一地。

母亲来了,掐了一围裙的苦苣菜,说是煮了冰了好吃。我说,小时候老师带我们去对岸红崖底下捡过苦菜,一晃五十年过去了。

我打开屋子,拉开窗帘,午后的阳光黄亮亮地照进来。铺开宣纸,我开始临写中国书法大字典里自己看着舒服的字。窗外有鸟儿喳喳叫,很寂静。

突然有什么动静,是一男二女三个小孩子溜了进来。是隔壁的孩子青、艳、英,十岁左右,按班辈我是他们的大哥,这么老的大哥。他们看我写字,很新奇的样子。

我问,你们写字不?回答说,不写毛笔字。老师有时写毛笔字。我想,他们老师也许是众多业余书法家中的一员。

他们的父母可能在这屋顶下念过书,现在三十来岁,我不大熟悉。我离开这里时,他们的父母还不曾出生。二十年前有一次回来,我到这里为小学生教过歌儿,一边吹口琴一边教,记得是一首朝鲜歌曲,"蓝蓝的天上飘着白云,我们的心里是多么欢乐。"

当初学唱歌的孩子长大了,成了我面前这孩子们的父母。我知道,他们开着农用五轮车长途贩炭,或者做凉皮子给城里小吃店送，以养家糊口。艳大一点，不上学了。英和青在三四里外的小学念书，学校只剩下八个孩子了。各自然村的小学废弃多年了，行政村的孩子也不多，大多孩子随打工的父母进城念书，或者是父母专门租了房子陪读。

年前的一个大雪天，我见英是由她婆引着冒雪去上学的，而青是一个人在大雪里雄赳赳气昂昂行进的。

艳不上学了，要上应该是初一了。

我一边写字，一边和他们聊天儿。我又写了一张少小离家老大回的字，他们会背出来这首诗。贺知章老头儿，在唐朝官当的够大了，诗才出众，还提携过李白，终了也是落了个笑问客从哪里来的尴尬人生。

青出去玩了，我为艳和英画了一张画。憾于我的素描太次，画得不像。点了唇和花衣裳，剩点红颜料，我说画点什么，她们说，画太阳，红红的太阳。

我画了太阳，又染了一大片彩霞，是早霞，像老家人说的，红得要命。脚下画了几簇苦苣菜，黄花开得很鲜亮。

"磨刀石"精神

源与流

延河，是黄河的支流，它的名气，源自二十世纪三四十年代的红色革命。毛泽东领导的中国共产党，从延河之滨走向北京。当今，延河岸边的长庆安塞油田，在世界能源角逐的大格局中，又一次引起世人瞩目。这个俗称"磨刀石"的特低渗透油田，在鄂尔多斯盆地一角的延河流域，在黄沙莽原与深谷大壑之间，涓流成海，2010年创造了年产原油300万吨的奇迹。

从延安城溯河而上10公里处，有一个镇子叫河庄坪，打从40年前起，一支脱去军装的庞大的石油队伍，口传心授着毛泽东在新中国成立之初发布的"将光荣的祖国经济建设任务赋予你们"的指令，从玉门、克拉玛依、银川、兰州、庆阳辗转集结在这里，踏上了找油采油漫长而艰难的路程。这支队伍的前身是兰州军区长庆石油会战指挥部第一分部，六易其名，现在叫中国石油长庆油田公司第一采油厂，承担着长庆安塞油田的开发重任。

长庆油田是我国仅次于大庆油田的第二大油气田，安塞油田是长庆油田的主力产油区块之一。在长庆"创和谐典范，建西部大庆"进程中，作为主战场之一的安塞油田已经掀开了建设"绿色、数字、示范"油田的大幕。

磨刀石，是经过水冲蚀沉淀的石粒堆积的砂岩，孔隙度极低，因坚固致密人们便用以磨刀。而安塞油田所开发油藏的低渗透堪称世界之最，因此人们形象地称其为"磨刀石"油田。郦道元《水经注》就有"高奴有洧水可燃"，"水上有肥可接取用之"的记载，说的便是今天延安这个地方，延河水面浮油，采以膏车、燃灯及医治牲畜疥疮。宋代《梦溪笔谈》的作者沈括在此为官，考察调研结论为"盖石油至多生于地中无穷，此物后必大行于世"。"永坪村有一口井岁纳四百斤"则被载入《元一统志》，可见以土法捞油方式延续久矣。

大约150年前，美国宾夕法尼亚的德雷克在农田上钻出了第一口石油井，一种清丽的时代之光照亮了世界。洋油输入中国，白银流向境外，而延河边上的黑色花朵，仍默默蕴藏于黄土高原的地宫之中。过了20年，台湾苗栗打出了中国最早的油井。1907年9月10日，位于陕北延长县城西门外的"延一井"打到81米处，日产量超过1吨，中国大陆第一口油井宣告诞生。过了7年，美孚入陕，在延长成立了中美油矿事务所。经过钻探，地质师阿世德认为，"陕北没有一口井能生产足够的石油使其有利可图"，也便有了斯坦福大学教授布莱克维尔德的"中国贫油论"之谬说。然而，中国石油从延长到玉门，从克拉玛依到柴达木，从川中到大庆，从长庆到渤海湾，从塔里木到海洋，由小到大，由弱到强，由饱含屈辱到扬眉吐气，走过了可歌可泣的百年历程。

在陕甘宁盆地这个神奇的地域，中国石油的梦想源远流长，薪火相传。曾经在1969年，有一批从玉门出发的石油人，来到陇东庆阳县城钟楼巷，在小旅馆里挂起了石油勘探筹备组的牌子。接着，兰州军区长庆油田指挥部进驻宁县长庆桥临时基地，长庆油田由此诞生，中国的"西部大庆"也由此出发。

从我国地域结构和地质资源来看，陆地勘探找油分为东部和西部战略要地。中国石油工业发端于西部，战略东移二三十年之后，重新把期望的目光投向了苍茫的西部。于是，西部便成为寻找石油储量的重要接替地域。沐浴着改革开放的春风，1983年，一个显著标志是找到了亿吨级特低渗透整装连片的"磨刀石"安塞大油田。

塞一井和好汉坡

时间上的顺流而下，地理空间上的溯源而上，到了

1983年，在延河上游，在一个名叫谭家营的小山沟里，打出了安塞油田第一口探井"塞一井"，日产工业油流64.45吨，从而揭开了中国"磨刀石"大油田神秘的面纱。

塞一井、塞六井，连续钻井122口，探明亿吨级石油储量的消息震惊了国际石油界。惊喜之余，面临的是"井井有油，井井不流"的尴尬局面。因为这是典型的三低油田：一是油层物性极差，平均渗透率仅为0.49个毫达西；二是低产，油井射孔后几乎无自然产能，必须靠压裂改造油层，平均单井日产不足2吨；三是低压，油田整体压力系数仅为0.7左右，开采难度大。专家比喻说，石油如果渗透在一块海绵里，一挤就出来了，但如果渗透在砖头里，挤出来就不容易了，砖头与海绵比就是低渗透。

美国CER咨询公司的专家，在研究了安塞油田的系统资料数据后认为，这样的油田为边际油田，靠中国现有的技术和实力是根本不可能经济有效开发的。这与美孚在近100年前对陕北油藏的结论近似，他们的前辈曾经损兵折将，无功而返。开弓没有回头箭，长庆石油人从不言弃。

安塞油田迎难而上，科技攻关，在之后八年间进行了多次先导性和工业化开发试验，先后探明了王窑、侯市、杏河、坪桥、谭家营石油区块，形成了三大技术系列、八项配套工艺技术和单、短、简、小、串地面建设模式，攻克了低渗透油藏难关。二十世纪九十年代初期，王窑区块全面投入开发，时隔四年，王窑区块全面收回投资，实现了经济有效开发，至此，"安塞模式"被正式确立，并在全国石油系统推广。到九十年代中后期，安塞油田年产原油突破100万吨，开创了中国特低渗透油田成功开发的先河，引起了石油界的广泛关注。

时任长庆油田总经理胡文瑞为"塞一井"作赋："至此，陕北勘探，石破天惊，解长庆倒悬之急，挽长庆徘徊之势，有拨云见日之功，指点山河之力，开低渗油田之先河。"

安塞油田的全面开发，使长庆油田实现了"由侏罗系找油转向三叠系找油，由中生界找油转向古生界找气"的战略调整，打开了三叠系油藏开发之门，打破了长庆油田原油产量在百万吨左右徘徊的局面，实现了油气当量由百万吨向千万吨的跨越。

新世纪伊始，安塞油田通过科学调整和技术攻关，先后形成了以滚动建产、注水稳产、压裂增产等为主要内容的核心技术，丰富了"安塞模式"技术内涵，油田发展由此步入快速发展新阶段。2004年原油产量突破200万吨，2010年实现了300万吨跨越。以"塞一井"为发端，安塞油田方兴未艾，并以昂扬向上的态势持续发展。

溯延河北上，在莽原腹地的褶皱间有一道陡峭的黄土高坡,山大沟深,岩壁险要,是安塞油田王三计量站采油工每天巡井的必经之路。"我家住在黄土高坡",歌好唱,路难行。30年前来了十几个年轻人,无论昼夜寒暑,风霜雨雪,他们都背着20多斤的采油工具来往于海拔1300多米、斜坡70度的羊肠小道上。睡的干打垒,满床满脸是沙土,上山啃冷馍就辣椒,便是一顿饭。一位叫金延的女工,刚爬坡时吓哭了,却在11年里坚持往返陡坡5000余趟。后来沿坡筑梯铺石,修出了463级台阶的巡井小道。我为祖国献石油,不到长城非好汉,年轻人把此地称作的"阎王坡"变成了"好汉坡"。

位于志丹境内的侯四转被命名为"陈小军站",年仅20岁的陈小军,为保卫国家财产与歹徒搏斗,终因伤势过重,在昏迷103天后光荣牺牲,是油田卫士的杰出代表。王十六计量接转站是采油一厂第一个女子站,被命名为郭秀玲站,距生活区80公里山路。郭秀玲当初毕业于西安医科专业,却接过父辈的班来到偏僻的井站上,甘当一名普通采油工。黄土梁,黄山峁,空旷寂寥心发焦。如今她把小孩留在生活区,更丢不下工作。她坚持干一行爱一行,扎根油田,在平凡岗位上默默厮守,做出了可喜的业绩,成为"中国石油·榜样"人物。这个站的女子们大多是80后、90后,爱岗敬业,如同山丹花开背洼洼红,一朵朵一片片,不是寂寞开无主,而是绽放出新时代的青春芬芳。

对面山梁上一点点红,那就是咱可爱的采油工。7000多口油水井、400多座站点和6000余名员工,分布在近3万平方公里的沟壑之间,该是怎样一派雄奇壮观的列阵。远离城镇,单枪匹马,交通不便,自然环境和人文环境差,与共享城市化优越性有差距,似乎减少了幸福指数。在山沟里工作20天,再轮休到延安河庄坪公寓或西安北郊生活区十天,夫妻团聚、子女教育和照顾老人都不方便。采油一厂党委书记郑天平感慨地说,石油人是"傻乎乎"的可爱,有很多的科技人员是从名牌大学毕业来到这山沟沟里找油的,风餐露宿几十年,青丝变白发而不言悔。宋代范仲淹在此为官,也是官员诗人,留下这样的佳句:塞下秋来风景异,衡阳雁去无留意,浊酒一杯家万里,将军白发征夫泪。昔日的守边与今日的守油,和而不同令人浩叹。毛泽东当年骑着一匹小青马,小米加步枪,转战陕北,与几十万美式装备兵力胡宗南的飞机大炮周旋,在这一带的山沟里留下了生死决斗与光荣梦想的红色传奇,也成为石油人价值观取向的精神资源。中亚和西气东输中的长庆油田陕京天然气管线,维系着北京的环保和温暖。为了天下老百姓的幸福,把爱心送给千家万户,一代代石油人的无私奉献,可谓实至名归。

好汉坡,作为全国青年文明号、中国延安干部学院和西安石油大学社会实践教育基地,已敞开长庆石油人品质的窗口，成了安塞油田特色的品牌文化。1995年，时任中国石油天然气总公司总经理登临好汉坡，有感而发写下了"安塞油田出好汉，好汉坡上好汉多"的诗句。2008年，现任中国石油总经理在登上好汉坡时感慨地说，通过好汉坡使我们看到了长庆石油人的艰苦奋斗史，长庆精神的核心就是靠不断解放思想实现发展方式转变的。

绿色、数字与示范

年产300万吨的安塞油田，是长庆"发展大油田，建设大气田，实现五千万"、"建设西部大庆"的主战场之一。而管理创新，则是其做大做强的鲜明主题和不竭源泉。

眼下，面对多元化用工形式构成的员工队伍，且生产站点高度分散、自然环境艰苦、增产难度加大，安塞油田推行了各领域体制机制的管理创新。借鉴国际化油公司核心理念，原油生产分控管理、经营标准成本体系、"六表一卡一案"民主管理、岗位6S管理等等，由传统方式逐步转型为现代化管理模式，走上了可持续发展的良性轨道。

吴志宇，毕业于西北大学地质系，直接参与了安塞油田勘探试验和开发的全过程，从钻井队、野外队、地质研究所、采油厂一路走来,在国际石油工程会议上发表《安塞特低渗油田的开发》论文让外国专家惊讶,取得了中国科学院理学博士学位,担起了采油一厂厂长的重任。论及"磨刀石"大油田的现代化发展目标,他的关键词是"绿色、数字、示范"。

在广阔的莽原与深壑之间,一路望去,是恢复了植被的蜿蜒的井站道路,用绿色装扮的星罗棋布的井站和花园式井场站库,林园式生产站点和家园式倒班基地,显映出人与自然、油田与生态的和谐景象。油气水实施密闭集输、采出水100%回注、轻烃回收和伴生气发电,节能设施完备,清洁生产程度高,在油区看不见一滴油污。到夜晚,井站灯光星罗棋布,洒满高原。油田诗人说,"仰望夜空,那繁星就是石油井位的倒映"。过去一个井场一口油井,如今推广一个井场多个油井,这种节约成本、减少用地的"子母井场"钻井工艺,庇护了黄土高原脆弱的生态植被。大批绿色环保示范井站陆续建成,树立了油气资源绿色开发的典范,安塞油田由此获得了"中华环境友好企业"称号。

王窑水库是国家一级饮用水源,关乎延安几十万人的饮水安全,而安塞油田大部分站点和油井则分布于这一流域,一些报废井和长关井也对生态环境构成隐患。既要开发油田资源,增强国力,改善民生,又要保护环境,造福百姓,采油一厂不计10个亿的损失,将水库一级保护区内的102口油水井全部封井关闭，搬迁了3座集输站点、26条集输油管线和6座管桥管线，受到当地政府和群众的赞许。

而实现更高效的管理，则借助于数字化的妙手回春。油田自主研发的国内首台全数字"橇装增压集成装置"，取代了传统的增压站，占地从两三千平方米减少到100多平方米，从10名工作人员轮班到远程控制无人值守，成本降低20%，工期缩短80%。在侯南新区、王窑老区站点，若干显示屏将散落于方圆百里的数千个油井站库和长输管道一网打尽，计算机在没有围墙的油田中建成一座数字化围墙，小小鼠标即可控制全局。原先跑野外的一线员工足不出户，在监控室便可实现油井的动态管理，让决策者事半功倍。王三计、王二转等老站点，实施数字化升级改造后，降低员工劳动强度，转变了落后的生产方式，改善了工作和生活环境，真正体现了以人为本。让数字说话，听数字指挥，安塞油田已逐步成为老油田数字化中端管理的示范窗口。扁平化管理新模式，深刻变革了传统生产组织架构，如好汉坡区域岗位由原来的12类减少到7类，侯南作业区仅人员就减少了35.4%。普通员工，从岗位操作者转变为信息网络、程控化和智能型生产管理者，由蓝领变成了白领。

示范油田，则是安塞油田的地位和价值所在。重新认识鄂尔多斯、重新认识低渗透和重新认识自我。针对接替区不足、单井产量低等诸多困难，采油一厂以技术创新主导油田开发建设，攻克关键技术、引进和消化先进技术，创新集成、推广应用了近百项适用技术，形成了以滚动建产、注水稳产、压裂增产等为核心的主体技术系列，丰富了"安塞模式"，形成低渗透油气田高效开发的核心竞争力，使安塞油田每年以近20万吨的速度持续增长，并且连续14年保持了一类油藏开发水平，创造了我国特低渗透油田开发奇迹，连续两次被授予"高效开发老油田"，被誉为中国石油新时期攻坚克难、为油奉献的典范。

造福百姓

陕北沟壑纵横，自然条件贫瘠，生存环境差，造物主却赐予这片黄土地下以丰厚的黑金，"内心"深处蕴藏着巨大财富。中国东西部发展不平衡，资源分布东贫西富，而生态则是东优西劣，陕北能源基地也是贫富不均，面临着资源开发的生态补偿及均衡发展的调整。

成功开发建设的安塞油田，感恩于这片黄土地和革命老区人民的奉献，相互支持，共同发展，主动承担央企的社会责任，把企业发展融入了地方社会经济发展之中。在企地共建和地方公益事业中，先后投资上千万元建起了长庆石油林、采一生态林，投入数千万元包建坪桥小康示范村、与梅塔村结成帮扶对象、改造邻近乡村道路、修建蔬菜大棚和梯田、改建乡镇基础设施，实施"母亲水窖"工程并解决了5个贫困村的饮水难题。投资2000多万元建成了两所长庆希望小学，修缮杏河牛寨、坪桥小学校舍并配备了现代教学设施。为困难家庭和贫困子女筹集100万元温暖基金，安排了200名特困家庭子女就业。发展石油事业，造福延安人民，营造了企地和谐的良好氛围。

延河源远流长，中国石油的源头在这里。陕北黄土高原这块雄壮而贫瘠的大地，演绎过中华民族命运的史诗，石油这个精灵也在此有太多的传奇。古代先贤为此著书立说，百年间一代代中国石油精英励精图治，德国人汉纳金、日本人左藤弥市郎、美国人阿世德、苏联人特拉菲穆克等等都曾在此留下找油的足迹与梦想。谁能料到，世界能源角逐的格局又一次圈定这里，使这块大地充满了诱惑与旺盛的生命力。

低渗透油层，也被专家称为低品位石油储量墒源。在美国、加拿大和荷兰等发达国家，本土长期开发石油的实践证明，在自然界中低品位与高品位资源的总量相近甚至超过。美国石油地质学家普拉特在《找油的哲学》中说，"人们的精神状态成为探索石油的难以克服的阻力"，启发了不懈勘探的众多石油人。在中国，类似长庆"磨刀石"油田还有大庆和吉林等地域。在我国已探明的石油地质储量中，低品位储量约占半壁江山。据国家地质资源普查预测，鄂尔多斯盆地拥有石油总资源量85.88亿吨，80%属于低渗透油层。中国石油天然气所面临的历史性新课题，就是如何可持续地把巨大的油气资源从"磨刀石"里挤出来。

在现代城市化文明建设进程中，随着石油需求迅猛增长、供需矛盾日益尖锐、油价飙升、进口量攀高，能源安全形势严峻，低渗透油藏开发战略便放射出一道绚丽的希望之光。

蓄势太久的长庆安塞油田，初试锋芒，已经听见新的春天晨光的问候。

从我的家谱和旧同官县志中可以看到，远在元朝忽必烈时代，和氏家族就在这块土地上生存、繁衍、耕作。关于和姓的渊源，我是在陕西历史博物馆里看到的，说在秦汉时期属于渭北羌族部落，在与关中平原交叉的这一地带活动，之后就慢慢被汉族同化了。这块山原的游牧文化与中原文化相融合，逐步进入农耕文明，崇尚耕读传家。传说轩辕黄帝在这里留下印台，杜甫在这里吟咏"城古槐根出，官清马骨高"的诗句。药王孙思邈，书圣柳公权，画家范宽，让此地走出荒蛮。接近周秦汉唐的长安，距帝京繁华之地也就百十公里，是感受到了帝王文化之风的。

我们村子曾经隶属于陈炉镇，新中国成立后归黄堡镇管辖。早年的陈炉陶瓷业很发达，骡马大道是沿着石马山到马村、安村、远庄、槐庙而抵达耀州，是一条山梁上的陶瓷之路。如今包头至茂名的高速公路通过的漆水川道,那时也还是狼群出没的荒野。陶瓷业连着河南、山西、河北的窑场,以至江西景德镇,包括技术交流、贸易来往、师徒传承及通婚关系,让这里的人口、人种、人的文化成分丰富而斑驳起来。从陆上海上来的,从西边的丝绸之路甚至罗马来的,汉唐时代的通商交流把整个世界与此地连接起来。最早的陶瓷在黄堡川道,炉火从北到南蔓延到了立地坡、上店、陈炉,至今千年不灭,跳动着陶瓷文化的命脉。变化着的生活方式,把这一方人的生存景观从远古的游牧转变为农耕形式,而陶瓷的出现则让此地进入一种手工业和城镇化的萌芽状态。这里的陶瓷工艺品,在工业文明中有其领先意义,曾远销欧洲。陶瓷业的衰落,也是因为近现代工业的发展趋势,到二十世纪三四十年代陇海线修通,有了咸铜支线,煤炭外运,同时带来洋瓷西进,抑制了古老陶瓷业的繁衍。

过去的交通线是在骡马背上,此地的老先人都是脚夫,北到定边驮盐,西到甘省驮瓷器驮炭。几乎每一条沟里面都挖有煤窑,提升靠牛、马、骡子拉的辘轳,也有人工摇辘轳。我十几岁时回乡也摇过八人合力的大辘轳,如舞之蹈之。而后有了运煤的小火车,加上电力开通,煤炭业得以做大。于是,陆续涌入大批煤炭工人,主要来源于河南,顺着陇海铁路咸铜线一直到了铜川,这里变成了他们的第二故乡。民间小煤窑被提升到现代煤矿,因煤而兴,矿工成为主要人口,由此在二十世纪五十年代建市。我属于此地土著人,农村上了年纪的人以主人自居,把外来的煤矿工人叫客伙人。他们带来了河南人的吃苦耐劳和中原文化的因子,与相对偏僻的土原人的眼界和修行相互融合在一起,让这个新兴城市一天天长大。

从唐宋的陶瓷文化,到明清的小煤窑以至近代的工业化煤矿,再加上建材业,故土在不断寻找自己的前景。我年轻时从农村到水泥厂当工人,在矿山上打眼、放炮、砸石头,后来从这儿到西安上大学,多年在外。有一次回到矿山,当年的一些工友还在山上,直到退休。现在的水泥厂已经变成了民营的现代建材工业,从南方来的老板有一种市场意识,资本意识,其公司化的管理和传统文化完全不同的生活态度,给予这块土地以新的活力。黄堡有过陶瓷、纺织、灯泡、电瓷各行当,在唐宋十里窑场的基地上,你方唱罢我登场。如今这里正在建开发区,陶瓷文化旅游是金饭碗。当然土地还在种庄稼,尽管只种粮食富不了,今年麦子每斤卖到一块零三,种地仍然是土著人的基本指望。

最早的老先人把这里交给牧人,再交给农人,到后来的匠人,再到工人,商人,这块地方经历了一个漫长的蜕变过程。耀州窑博物馆,记忆着先贤们留下的人类文明的财富。煤炭和建材业还有招商引资诸多行当,其人口的流动使这座城市有了丰富性并得以改良,人的文化成分的重组，让古老的故土焕发出新时代的生机。历史在进步，故土一直在这条路上艰难行走，显示出其包容性，门户敞开甚至没有门户。煤越挖越少，资源贫困性城市在寻找新的资源，而人是这个城市最珍贵的资源。

把根留住，同时把脚步迈向很远的地方，从一个相对封闭的状态走向广阔的世界，而生生不息。一代更比一代强，如同种庄稼，生产方式改善了，一料比一料产量提高了，品质优化了。从这个地方出来的人，且不说其他的，就说我的儿子在美国读完博士在纽约华尔街做事，原籍在此地，种子是从这黄土原的根上发芽的。过去人老几辈，最多走到省城，说起甘肃省、三边，远得很。不是世界变小了，是人们的视野远大了，一个短信几秒钟就连接了地球的另一端，老家与世界有距离同时也没有了距离。在城镇化的进程中，农民囤里有粮心里不慌，有电有自来水有电视电脑，但得出去打工供孩子们上学，提高生活质量。退耕还林，改善耕作方式，让人和自然和谐相处。我之所以愿意回到四十年前自己走出来的故土休养生息，是想充分享受现代田园气息，老家人朴素勤勉的生活态度，会给予我一种心灵的安慰。

道北，从70年前的某一天开始，这个地名便有了它特殊的意义。西安人把这儿叫道北，铁道以北。这儿过去是皇上办公的地方，多年来成了西安落后的一角，现在政府拆迁改造工程已经完工，要建成一个大明宫遗址公园。从遥远的千年大梦到百年沧桑，对于道北这块地方来说，70年便相当于一个人的一生一世。道北人，他们是怎样共同守护着一处惊世的人类古代文明遗址的呢？

大明宫，是李世民为父亲李渊在外郭城北的禁苑中建造的夏宫。至唐末200年间，这里一直是皇帝居住和发号施令的地方。大明宫存在的270多年间，在此朝寝的皇帝有20多位，大明宫的建造，使唐朝统治者更加占有高亢而优越的地理位置，站在龙首原上俯瞰全城，更显大一统帝国的气度与风范。唐末毁于战火，沦为废墟。唐朝灭亡后，人类文明的结晶，世界都市之巅峰的长安城成了一座废城，连同大明宫的栋梁之材，也顺着渭水飘摇而下。历史不再青睐于这里，政治中心随之东移。长相思，在长安。络纬秋啼金井栏，美人如花隔云端。天长路远魂飞苦，梦魂不到关山难。长相思，摧心肝。

明城墙的修复，其规模仅为唐长安城的1/7。到了清代，西安的道北则是一片凋敝的荒野。近代社会东部沿海城市，较早地受到了欧风西雨的洗礼，而西安作为内陆城市，仍然受传统观念支配，整个城市衰败落后。一位老者告诉说，明末清初，我们祖上从郭家滩到这郭上村，有300多年吧。我记得没修铁道以前，站在这儿一说话，火车站那块地方都能听见，没有个啥啥，都是野地荒地，坟。另一位老奶奶说，我就住在这个地方，土墙挖个门门，那边也是麦地，再过去有个大门，是童家巷的地。有一天早晨，我爸从土门门出去以后，外头有个大石磙，就是碾麦的碌碡，碌碡上坐了个啥？坐了个狼！记得自强路这一带，过来新疆的骆驼队，骆驼脖子上有个大铃，一走一咣当一咣当。

陇海铁路是一个中国的东西大干线，1935年修到了西安，次年修到了宝鸡。由于受到第一次世界大战和国内军阀战争影响，陇海铁路工程历时22年之久，修通长131.8公里的潼关至西安段。1935年6月，陇海铁路长安机务段在道北笃臣巷建立。当年旅客发送量189万人次。当时的行李分为包裹类、牲畜车轿类、金银证券类和灵柩类，其货运流向，东运主要是棉花、粮食、煤炭和瓷器，到达货物多是从上海、天津等地运来的棉布、食盐、糖、煤油、铁器和染料。陇海铁路带着近代政治经济和文化因子，顺着这条东西大动脉向古都西安延伸。一条钢铁巨龙，盘伏在废弃了的唐朝帝宫的脚下，由此为道北设下了一个有血有肉的注脚。也就在这个时候，这片荒芜的西安城北地带，才因为铁路的向西延伸开始了它的近现代工业历程。

花园口决口后，河南受灾的逃离大概有180多万，顺着铁路线一直往西走，很多都留到西安了。史料人员说，以河南人居多的人流是怎么来的？当时很可怜，他们一个个是挑着担子来的，所以现在说河南担，实际它不是一个贬义词。河南人挑着担子，一边挑着东西一边挑着儿女，另外就是推着独轮小车，带着他们那很简陋的铺盖被褥，锅碗瓢勺，沿途乞讨要饭过来。

道北二马路、自强路、太华路是河南人的居住区，铁路工人多半都在这儿，当时还是一些乱坟岗。除了大华纱厂外，全都是棚户区，密密麻麻，茅庵草舍窝棚里边住了一家人，吃的糊涂面。那时菊花园有一个人市，身上扎个草，卖的话看谁要。白天出去有些打个零工，有些没办法就讨饭。棚户区几乎全是河南口音，拉洋车的、卖洗脸水的、卖羊肉杂碎的、卖水煎包子的，连摆茶摊的老太太和卖老鼠药的老头子，也都说着一口河南话。由于国民党统治者的腐败，民族工业停滞不前，人民生活陷于绝境。

新中国成立以后西安市第一条柏油马路便是道北的自强东路。唐朝贞观年初就有这条路，当时叫午门街。在这个地方生活的人们，环境是比较差的，都是些街街巷巷胡同，下雨就成稠糊涂了。为什么修这条马路，因为物资必须要从西闸口运输，一下修到大华纱厂的门口。当初，连李世俊自己也没有想到，他这么一个在新中国成立前吃不饱穿不暖的河南穷人家的孩子，居住在西安道北的普普通通的开火车的司机，后来被选为党的十大代表、十一大中央委员。周总理来西安，他和周总理在一起照相，周总理问，李师傅是干啥的？他说我是开火车的。周总理说，把火车开好。

现存的大明宫遗址，不仅是中国而且是世界珍贵的历史文化遗产。大明宫遗址的发现，无疑是道北的骄傲和自豪。也正是这一重大的考古发现，在某种意义上说却从此成为道北人前行的包袱。西安古遗址大会的召开，为道北开启了一扇拥抱霞光的大门。文化是一个城市的灵魂，挖掘和弘扬优秀文化传统,是各级政府的文化责任。2006盛典西安,则是西安皇城复兴的一个草稿,一次演习,一场非凡的展示。也着实让身居陋室的道北人扬眉吐气了一回,第一次开了眼。

道北人和许许多多人们,都在期待从这一大片废墟上,开出美丽的鲜花来。大明宫遗址保护区的利用,是北城建设的一个重大实施。通过这项工程的实施,必将带动北城基本设施和城市面貌的重大改善,促进经济的发展。

今天道北人离开道北,告别这有着深深情感的故地,把道北的故事讲给后人。明天,道北人将会重游居住了70年的道北,徜徉在大明宫国家遗址公园的历史古道上,把中国的历史传给子孙。道北人记住的是昨天,道北70年的故事,凝结的是泪水与苦难,快乐和幸福。

清明是农历种瓜点豆的节气，也是祭奠亡灵的日子。生与死，从来是连接在一起的。婚丧嫁娶，在乡下有红白喜事一说，红喜是娶媳妇嫁女娃满月，丧葬原本是一桩悲情之事，乡人却达观地称其为白喜。这样既告慰死者又为生者宽心，自古人生谁无死，旧的去了，新的来了，自然规律使然。

　　去年秋里雨水多，人们都出不了门，下不了田，待在家里歇息。母亲说，今天七月二十八，是你六爷生日。六爷在我小时候就是近邻，人威严，心底却仁慈。他手巧，曾给我做过一把木头手枪。多年后，沟里的土窑换成了原上的砖窑，六爷还是我家的近邻。前几年回来，还见他拄着拐杖来家里，我把整理好的族谱给他一本，他硬是丢下十块钱说是份子钱。六爷当了半辈子鳏夫，把三儿两女抚养成人，活了八十多岁。

　　过世快三年了，给亡人过生日，是老家的乡俗。母亲吩咐我带了一百火纸，去六爷家。我戴了草帽，走过泥泞的巷子，进了六爷家的门楼。物是人非，他老人家种的葡萄很繁，窑院干净敞亮，人却被定格在祭台上，其貌相庄重肃穆。窑内外已经来了几十人，有爷爷、叔叔辈的，也有同辈人，远嫁的老姑、姑姑几十年都没见面了。村里的小字辈，大多叫不上名字，没说上几句话。我给六爷敬上一支香，问候一起来"吃汤水"的长辈。雨还在下，坟地里黏，就改在屋里烧纸。六爷的大儿子我叫大大，他一袭白孝衣，按他的指令，人们动作一致，作揖，磕头，跪倒了一大片。火纸点燃，纸灰纷飞，爷爷辈的老人说了一句，六老拾钱哩。

六爷的儿女开始号啕大哭，让众人不禁湿了眼圈。有人在一边说，人到老年，六十告老还乡，七十儿孙满堂，八十晒晒太阳，九十躺在床上，一百挂在墙上，生的伟大，死的恓惶。恓惶是土话，有同情悲悯的意思。恓惶的六爷啊，我想起了他老人家在世时的种种情景。六爷的口头禅是"有你娃想起的时候哩"。我心里说，六爷，你孙子我现在想起你了。

稍后，众人入席，分男席女席，有酒有肉有白蒸馍，气氛由悲伤转为轻松，相互开着玩笑，扯开了摘花椒摘苹果的话题。过两天就是白露节气，离种麦不到二十天了。

我到西安住了十多天，再回到老家园子时就听弟媳说，梅娘过世了，前几天埋的。我的眼前即刻出现了梅娘的模样，一头白发从未染过，很富态，总是笑笑的，端庄而精明。她应该是与我同岁，五十有八，怎么就突然不在了呢？上回在老家，六爷生日，我在院子里看见她在忙活，打了个照面，竟成了最后的辞别。

  梅娘从小叫梅儿，在作小姑娘的时候我就认识，聪颖的大眼睛，很白净，常跟她婆从西原上远远地来走亲戚。那时，住在大槐树底下，我家与堂叔父家一个大楼门出入。堂叔父是六爷的大儿子，十五岁上离娘，大我两岁，一起玩大，后来他当了兵，复员后在煤矿上公干，早早退休回了老家。记得他娶梅娘时，六爷把二门道里的旧猪圈拆了，箍了砖窑，成了洞房。他们有了一儿一女，儿子远在青海打工多年，堂叔父与梅娘把孙子带在身边有五六年了。女儿嫁到邻村，来往还算方便，一家老小有个照应。

  在村上人眼里，梅娘勤快孝顺，和气待人，言语不多，把患病的公公伺候到八十多高龄，养老送终，是难得的好媳妇。有回，我与堂叔父说起六爷的威严。我说，听说你多年来工资都是交给六爷的，梅娘半百的人了，临赶集走还满村找六爷领钱？堂叔父只是说，反正你六爷人家是厉害了一辈子。

  第二天赶上梅娘出七，我绕过巷子到了堂叔父家。一进门，我点了一炷香，磕头，作揖，送梅娘远行。坐下来喝茶，我问堂叔父，怎么没设梅娘遗像，他说，来不及。梅娘身体一向还好，只是患有高血压，吃药维持，那天到沟里跑了两趟，摘南瓜，掰包谷，晚上正剥包谷，身子一仰，就啥也不知道了。送到医院没救下。梅娘从嫁到老槐树底下，不到四十年光景。

  村上近年死的老者不少，也有少者，让人悲怆不已。我年迈多病的父亲听说梅娘不在了，用吐字不清的言语说，娃们没受难过，歇到凉处去了，也罢。梅娘一手拉扯到五六岁的孙子说，我婆不在咱窑里睡了，睡到咱地里去了。母亲说，人恓惶的，是一辈换一辈，老一辈不去，新一辈不来，自古都一样。是的，近年村里娶亲嫁人的晚辈有多少人，数也数不过来，今日娃满月，明日娃过岁，行门户吃酒席的事儿也稠了。

  生老病死，四季轮回。生生不息的乡土，冬天一过，春天就不远了。

铜官窑题诗

偶尔从网上读到一首诗,很美。朴素而隽永。诗曰:君生我未生,我生君已老。君恨我生迟,我恨君生早。

查阅了一番,此诗为唐代铜官窑瓷器题诗,作者可能是陶工自己创作或当时流行的里巷歌谣。

唐铜官窑,莫非是我的老家铜川,曾旧称铜官,且有瓷窑历史,也有诗画题于瓷器之遗物。这么好的诗句,自己只是恍惚读过,怎么没有细究呢?

事实上,此铜官窑非彼铜官窑,重名重姓的事情见怪不怪。

说是1974年至1978年间,此题诗瓷器出土于湖南长沙铜官窑窑址。陈尚君辑校《全唐诗补编》下册,《全唐诗续拾》也有版本为:君生我未生,我生君已老。恨不生同时,日日与君好。

也有另外版本:君生我未生,我生君已老。君恨我生迟,我恨君生早。君生我未生,我生君已老。恨不生

同时，日日与君好。我生君未生，君生我已老。我离君天涯，君隔我海角。我生君未生，君生我已老。化蝶去寻花，夜夜栖芳草。

还有一首相近的诗：君生我未生，我生君已老。君恨我生迟，我恨君生早。自从君去后，常守旧时心。洛阳来路远，不用几黄金。

无论哪个版本，不管是怎么演绎的，都是难得的好诗。

自古文人雅士题诗于壁，备受人推崇，唐长安雁塔题诗，更是春风得意马蹄疾，一日看尽长安花，何等潇洒。

也许是陶工们想到了文人雅士的风流倜傥，何不移诗和书画于陶瓷品，过一把风雅瘾，流传后世。洋人喜爱中国陶瓷，以诗书画陪衬，更有审美价值。此举得到了意想不到的效果，铜官窑出产的瓷器比以前更畅销，远抵朝鲜、日本、菲律宾及中亚、西亚等地，拓宽了广阔的国际市场。到现在，这些国家还出土不少铜官窑的陶瓷器，其生命力依然光彩照人。

驰名中外的唐代长沙铜官窑，不仅把诗题写于瓷器上，别开生面，尤其是首创釉下彩瓷新工艺，装饰感更突出，且具有宝贵的文化价值。

唐代长沙铜官窑是未见于史籍记载的民间瓷窑。在已发现的几百件器物上题写的诗句有数十首，基本是流行在市井里巷的歌谣，唐代潭州的民俗风情也凸现在这些瓷诗里。

这些瓷器上的诗,产生在中唐安史之乱后。瓷器上所题都市商贾、歌楼妓馆、游子旅人的诗,根植于都市社会的土壤,成为中唐新兴市民文学的一个品种。多数不能登大雅之堂,不论国制朝章,也不热衷于佛理宣传。以写实为宗,朴实无华,毫不造作。

铜官窑不远的书堂山,相传是唐代大书法家欧阳询父子读书处,有洗笔池等遗迹。欧氏父子苦读经典,书艺超群,势必也影响了铜官窑的能工巧匠。

《水经注》载:"铜官山,亦名云母山,土性宜陶,有陶家千余户,沿河而居"。指的是铜官镇至石渚河一带的制陶产业。

望城县的铜官是一个古镇,马王堆汉墓中出土的陶器证明,早在2100多年前的西汉,这一带就有陶器生产。铜官窑又名长沙窑,为唐朝至五代时期的有名古窑之一,中国陶瓷釉下彩的发源地。

关于"铜官"之名的由来,据传三国时期,铜官为吴国和蜀国的分界处,吴将程普与蜀将关羽约定互不侵犯,共铸铜棺,故名"铜棺"。由于铜棺不雅,后人改称"铜官"。

1923年1月,毛泽东在郭亮的陪同下来铜官考察工人运动,成立了铜官陶业工会。

素以收诗最全著称的《全唐诗》中,却未见这些瓷器上的诗词，尤显其珍贵。文博前辈萧湘先生曾著《唐诗的弃儿》，专门研究长沙窑瓷器上的诗词，成为中国瓷诗的首席知音。

重名的还有安徽的铜官山区，位于铜陵市西南部。而陕西铜川的旧称铜官，与长沙铜官窑类似，同样以陶瓷闻名。

耀州瓷名传天下，黄堡、陈炉古镇以瓷都著称。也多次浏览老家瓷器上的诗书画图案，许是忽略了其观赏价值，未作仔细揣摩，抑或如湖南铜官窑的瓷诗有待明眼人去发现。也许有如"君生我未生"的妙诗，遭遇"唐诗的弃儿"之命运，还得及时去挖掘，去保护，去抢救。

如今在老家土塬上，下行十里可抵黄堡古镇，上行二十里可达陈炉古镇。如果有一天，面对一件搜寻到的老瓷器上绝妙的诗句，自然会首先想到南方唐朝无名氏的传世之作："君生我未生，我生君已老。君恨我生迟，我恨君生早。"

曾经有过"一本书主义"的说法，写一本书就可以名扬天下。那可能是半个多世纪前的事情了，可能是写书的人少、读书的人多的原因。近些年来，说是文学被边缘化了，写过若干本书的有若干人，却仍默默无闻，是写的人多了，读的人少了。人们精神消费的方式多了，似乎比当下的文学可靠，文学成就斐然，也不可回避大多也就只能在体制圈内循环，自娱自乐而已。

不少文学写作的跋涉者，用他们的话说，多年来在行政岗位工作，坚持文学创作，是一个心结。这也可能属于眼下所说的官员作家之列，涉及仕与中国文学传统的话题。

官员作家，非官员作家，作家官员，自古有之，见怪不怪。新时期以来，文艺体制在不断改革，在政府供养编制中已很少有专业作家的份额，文艺体制内大多是从政管理人员，一些因艺术成就冠以身份的作家艺术家，与文化行业之外的官员作家是有区分的。在当好官员的同时当好作家，无可厚非，谁也不能剥夺官员作为一个公民从事写作的权利。名声不好的是那些抱着文学之外的目的，当不好官员或者是借官员之便混迹于文坛的伪作家，更令人不齿的是那些贪官作家群，如媒体上所说的文坛地沟油。官、商、文的横向联系，有的已演变为权、钱、名的循环利益链，妨碍或损害着文化的自觉自信与自尊，是值得警醒的。

说到仕与中国文学传统，是个恒久的话题。学而优则仕，前面还有一句，即仕而优则学。优，是说做官的事情做好了，如果还有余力，就去做学问。学习学好了，如果还有余力，可以去做官，以便更好地推行仁道。这句话，并不是说学习好就能做官，做了官就一定有学问，而是说学无止境。仕，古同"事"。做官，仕途，是一种事业。朱光潜先生曾说，以出世之精神，做入世之事业。王维出仕后，屡受各种打击，利用官僚生活的空余时间，在辋川山水间修养身心，过着半官半隐的生活。后世称他为诗佛，钱钟书称他为盛唐画坛第一把交椅，并精通音律。王维亲和山水，绝不是远离仕途的选择，而是一种生命本真。他的文化贡献，超越了他的政绩。

中国文学传统，有其生存和言说方式，最重要的特征无非是关注现世。封建社会的小农经济，儒家教人做个中庸顺民，在社会意识方面崇尚伦理，乐于安土。文学传统的精神内涵，是天人合一的自然观与文学表达，如李白的把酒问月，把自然当作人来看，如龚自珍的此山不语望中原。怀乡，包括离别、贬官、充军，是文学表达的缘由。其人生观是建功立业，是出于对死亡的恐惧，以延续生命的意义。《左传》曰，太上有立德，其次有立功，其次有立言，虽久不废，此之谓不朽。做人，做事，做学问，做人最为重要，然后才是做事做学问。魏晋文学的个人意识觉醒，对名声不朽进行反思，对功名无热衷，又看开。独善其身与兼齐天下的平衡，如王维的身在官场，心存自然，如苏轼的外儒内道，随缘自述，及隐士如陶渊明超脱的存在，影响了文学传统的精神。

  随着社会文明的进程，文学传统的价值标准历经百年演变，已经呈现出新的面孔。若站在仕与中国文学传统的视角来看官员写作，可以读到仕与文学传统中的某些特质，诸如关注现实、怀乡情结、做人做事做学问、看开功名、随缘自述等等，不失为一种人文关怀，有益于世道人心。至于所谓贪官作家群，属于一小撮，则另当别论。

卧龙与青龙：吴道子与李商隐

龙年来了。我是属龙的，不知不觉走入了花甲之年。中国古代历法中的天干和地支，循环组合，周而复始，称为六十甲子。龙在十二生肖中位居第五，是唯一虚构的动物，牛头或马头，羊须或虎须，鹰爪或凤爪或狗爪，鹿角蛇身鱼尾，可谓九不像。春分而登天，秋分而潜渊，呼风唤雨，隐显自如，成了人们崇尚的灵异动物与万兽之首。龙与水有关，与帝王有关，与龙的传人有关，渐渐成了一种图腾，一种精神象征。

有人说，龙年出生的人，是不拘泥于世俗之见的梦想家，通常有着令人尊重的目标使命。他们并不贪求权力与财富，好像生来就已经拥有了这些，却往往因为天真无邪而命运多舛，以致悲天悯人。这使我想起了西安的卧龙寺与青龙寺，想到了与之有关的一位画家和一位诗人。

卧龙寺，位于文昌门里的柏树林，我在附近居住了十多年，这里是我经常散步的地方。如果不遇法事，这里便有点恬静与落寞，从来不那么喧嚣，香客或游人也都安之若素。据寺内碑刻载，古寺始建于汉灵帝时代，隋朝时称福应禅院。到了唐朝时，因寺内保存着吴道子在这里画的观音像，又称观音寺。宋初有高僧惠果入寺住持，终日高卧，时人呼为卧龙和尚，宋太宗时更名为卧龙寺。众多碑石中，唐代吴道子的画观音像复制碑，时常让我寻思这位画家的人生轨迹。

　　吴道子，少年孤贫，从民间画工做起，好不容易当上了县尉，不久却辞职，浪迹四方，以从事壁画为生。开元年间，唐玄宗闻其画名，召入宫廷，随张旭、贺知章研习书法，从观赏公孙大娘舞剑中体悟用笔之道。后又教玄宗的哥哥宁王学画，遂晋升为宁王友，从五品，成了御用画家。虽然不再流浪，锦衣玉食，得到了施展才华的平台，却也失去了平民画家的艺术自由。画作擅于佛道、人物、山水、草木、楼阁，活了七十九岁，成为唐代第一大画家，被后世尊称为画圣，民间画工之祖师。苏东坡说过，诗至于杜子美（杜甫），文之于韩退之（韩愈），书至于颜鲁公（颜真卿），画至于吴道子，而古今之变，天下能事毕矣！称赞吴道子的画乃"出新意于法度之中，寄妙理于豪放之外"。

　　自然山水，在吴道子的笔墨中成为独立的画种，结束了山水作为人物背景的附庸地位。他的人物画，于焦墨线条中略施淡彩,被誉为吴带当风。据说他在大同殿上曾画了五条龙,"麟甲飞动,每欲大雨,即生烟雾",真是生龙活现。他曾于长安寺观中绘制壁画多幅,而且"人相诡状,无一同者",慈恩寺塔西面降魔盘龙,景公寺地狱帝释龙神,皆妙绝当时。《历代名画记》有吴道子的绘画感言:"众皆密于盼际,我则离披其点画,众皆谨于象似,我则脱落其凡俗。"

青龙寺,位于城南的乐游原上。始建于隋文帝时代,前身为灵感寺,极盛于唐代中期,日本僧侣空海曾拜密宗大师惠果受学于此,所以成为日本佛教真言宗的祖庭。武德年间废寺,到了龙朔年间,公主患病,诵《观音经》祈佛保佑得愈,复立为观音寺,后改名青龙寺。

我在居住西安的数十年间,曾多次到此地踏青。有一回,我与几个年轻伙伴造访青龙寺,寺院萧瑟,游人罕至,寺院外的一大片麦田正在返青,一头健硕的关中牛在低头啃青,崖畔上有零星的杏花很亮。不知怎么,我们想起了童年时光,我和一位当过兵的兄长动了拳脚,像诗人普希金一样演绎决斗,麦田上留下了搏斗的痕迹。好像从那儿过后,我已经跨入人生的中年之龙年了,不再与人比过气力。不是一条龙,便是一条虫,其实龙也是一条大虫、神虫而已,小虫如蛇如蜥蜴也是一条小小的龙罢了。龙是虚构的符号,虫子才是真实的生存。做一个快乐的虫子,也许比做一个幻想中的龙要幸福得多。

二十世纪八九十年代之后，我去青龙寺的缘由，多是因为这里有樱花可赏。植于寺院的千株樱花树是从日本引进的，每年春暖花开，樱花吐蕊，是一片银色浮动的仙境。所谓的佛教密宗或是真言宗，莫不是化作了樱花的容颜和芬芳，沁人心脾。寺院外的旷野上，风筝如春鸟，牵引着童心在飞翔。

　　由青龙寺而乐游原，自然会想念唐代的一位诗人，他是李商隐，一首《乐游原》流传百代，妇孺皆知。乐游原在秦代属宜春苑，汉宣帝第一个皇后许氏产后死去葬于此。史书记载，这块土地自生玫瑰树，树下多苜蓿，风在其间，日照其花，故名苜蓿为怀风或称连枝草。直至晚唐，此处仍然是京城人游玩的好去处。因地理位置高，便于一览长安城，文人墨客也喜欢来此咏诗抒怀。诗人李商隐也来了，他是到了傍晚时，心中有些不惬意，就坐上马车来原上游玩。这时，恰好望见一轮灿烂的落日，真是好看，可惜已近黄昏，逝者如斯。诗人赞美黄昏前的原野风景，透过唐帝国繁荣背后潜在的社会危机，发出了"夕阳无限好，只是近黄昏"的长叹。时光易逝如白驹过隙，青春不再，晚年迟暮，美好的人生多么令人眷恋，无奈却也感慨于生命的伟大与不可超越。因为他的心境纠结，便有了这首著名诗篇《乐游原》。夕阳，是感叹残光末路，日暮途穷，还是热爱生命，心光不灭？是悲怆，还是乐观？从这首诗诞生起至今，人们争论不休，依然莫衷一是。然而，日落日出，每一个太阳都是新的。

　　李商隐与唐朝的皇族同宗，并没有给他带来任何实际利益，毕竟血缘关系已很遥远了。祖辈多为县令，但家道衰微，他在少年时期曾"佣书贩舂"，即为别人抄书挣钱，贴补家用。因缺乏门第背景，科场不公，五考方得一第，官场污浊，十年不离青袍。他得中进士后，娶了王茂之的女儿为妻，因岳父站错队陷入党争，官场失意，逼迫辞职还乡，渴然有农夫望岁之志，又游历于幕府，晚年病逝于故乡。天意怜幽草，人间重晚晴。相见时难别亦难，东风无力百花残。春蚕到死丝方尽，蜡炬成灰泪始干。晚唐的诗歌大有颓势，是李商隐又将唐诗推向了新的高峰，与杜牧并称小李杜，与李贺、李白合称三李，光照至今。

　　卧龙寺，青龙寺，让我想到了画家吴道子，诗人李商隐，不知他们是否肖龙。属龙人的龙年，龙的传人的龙年，龙年来了，祝福好运。

最后的驴

驴比人贵。这不是骂人话,是说老家方圆几十里的最后一头驴值钱了。

时下老家村里用工,每劳力每天八十元,而要雇一头驴使唤,每天得掏一百五到二百元。老三租种的几十亩核桃苗子,今年的价钱不错,一枝苗卖到四元钱,一架子车的苗子如果当柴火能值几块钱,有生命根芽的苗子却能卖到几千元。空出的地,又想种核桃,泡了种子,雇了人点种,还得雇一头驴来揭犁沟。邻村一个老头,养了这头驴多年了,平时用驴车卖炭,也没少挣钱,农忙时揭种耙糖,省了雇用机械的费用。有人雇驴,也是好收入。

牛马驴骡,曾经是农民的朋友,一个村统计人口和劳力,同时少不了统计牲畜的种类和头数,是一起作为生产力资源计算的。牲畜吃草料,牲畜粪作肥料,用不着烧秸秆影响飞机航道和污染空气,化肥也可以节省了。

人与植物与动物的关联，在互惠的自然循环中得以延续。老死病死的牲畜皮毛又可作皮绳皮鞭使用，在这一点上，人类是有点残忍。如今老家没了牲畜，多了汽车和电脑，老年人总说，那些"出气长毛"的活物怎么转眼间就没影了，多少感到了村庄和田地的寂寞。

近些年来，老家的机械化取代了千年传统农耕的方式，牲畜退出了田园的舞台，有的沦为城市宴席上的菜肴，"九九加一九，耕牛遍地走"的农谚也淡然落幕。而油价上涨，机械、化肥、用工成本攀升，一亩地麦子、玉米的收益已经微乎其微。历史不可以倒退，庄稼人在进城打工的同时忘不了侍弄土地，昔日落霞中人欢马叫的风景难免让人怀恋。土地，田园，总是自己的家，得把根留住。

别说城里的孩子没见过牛马驴骡，如今连老家乡下的孩子也稀奇于农耕时代的这些英雄的物种了。我在回归田园的生活中，收拢了被遗弃在老庄基破窑里的农具，有石槽、碾盘、碌碡、驳架、尖杈、弯钩、轭头、拥脖、夹板、笼嘴、罩笼、鞍子、鞭子等等，留取一点陈旧的记忆，收藏一点走得还不远的乡村风物的遗存。与它们配套的活物，却一去不复返了。它们曾经陪伴我们的祖辈，那些勤劳、善良、美丽而有韧性的庄稼人，度过那么多欢乐而悲怆的岁月，而在我们这一辈人身上却化蛹为蝶，告别了那个漫长的人畜为伍的时代。透过这些保留着人与畜体温的旧物件，可以揣摸到先人的叮嘱，关于耕读传家，关于种瓜得瓜、种豆得豆，关于家和万事兴等等庄稼人的生存哲学和道德理想。

那天，我路过老三种核桃苗子的地边，看见墒情很好，太阳暖暖的，是一派人欢驴叫的耕作景象。一头驴在叫，周围几十里是没有它的同类应答的。这孤独的嘶鸣，令人动容。过去乡人说，最难听的声音是什么？刮锅、锉锯、驴叫唤。在乡村巷道停满车辆致使噪音烦人的环境中，几声清脆昂扬的驴叫，却是这片土原上最舒心的音乐。

人们久违了牲畜的歌唱，都侧耳聆听，这最后的驴对于夏收季节的亲切问候。

库布其，绿色琴弦

(报告文学)

编者按

在举国上下喜迎党的十八大之际，内蒙古亿利资源集团献上了一份"厚礼"：坚守库布其沙漠20多年，在浩瀚大漠上建成长200多公里、宽20公里左右的绿色生态长城，把昔日的死亡之海变成了如今的塞北江南。更值得庆贺的是，他们在实践中探索出一个政府政策性支持，企业产业化、公益化投资，农牧民市场化参与和多元投资、多方受益的发展机制，取得了良好的经济效益、社会效益、生态效益，在治沙、用沙方面取得了显著成就，处于世界领先水平，是个了不起的创举。黄河为弓，绿洲为弦，亿利集团在库布其沙漠奏响的绿色生命乐章，让我们感受到通过改善自然促进经济可持续发展的创新模式的巨大潜力，在生态建设方面为全国提供了可资借鉴的新鲜经验。

秋天，从西安北上鄂尔多斯，涉足中国第七大沙漠内蒙古库布其沙漠，令人心旷神怡。敕勒川，阴山下，天似穹庐，笼盖四野。天苍苍，野茫茫，风吹草低见牛羊……这远古的诗意，已经再现眼前。环视辽阔的地平线，绿色蓊郁，有高楼街市，有星星点点的牛马羊骆驼。抬眼无垠的苍穹，天空湛蓝，艳阳高照，白云蒸腾。

黄河远上白云间，西来的黄河在这里向北绕了一个大弯，告别阴山，朝南进入晋陕峡谷，便留下南河套这一片鱼形的广袤沙漠。鱼，从生到死，起死回生，越过了千年。黄河似弓，沙漠如弦，形成了1.86万平方公里库布其沙漠独特的地理风貌。库布其，弓弦的意思，足以彰显古代命名者的宏观眼界与文化审美情结。

黛色公路延伸至库布其沙漠的入口，有一座长城模样的门楼，从这里便进入了亿利资源集团绿化工程的领地。3000年前这里是一片绿野，400年前这里成为不毛之地，20多年前这里开始治沙育林。如今的库布其沙漠，已经建成长200多公里、宽20公里左右的绿色生态长城，沙尘天气由每年的五六十次降低到三至五次，降雨量由不足70毫米增加到300多毫米，从而改善了鄂尔多斯高原以及北京等周边区域的气候环境。

联合国"里约+20"会议颁发的全球环境保护与绿色发展奖，旨在肯定和鼓励全球范围内作出特殊贡献的人物。2012年，中国亿利资源集团董事会主席王文彪，继荣获"全国绿化工作劳动模范"称号之后，获得了联合国"环境与发展奖"。他的库布其模式受到世界瞩目，昭示着库布其沙漠创造了当今环境保护的世界奇迹，为构筑中国北方绿色长城提供了一个可信的模式与范本。

黄河为弓，沙漠为弦，多少年来弩箭带来的是生态灾难，沙尘暴频繁袭击包括北京、西安在内的城市区域以至远抵沿海。黄河为弓，绿洲为弦，划时代的巨大琴弦，则奏响了绿色生命之乐章，传遍四方。

大漠之子情结

谁也料想不到，鄂尔多斯杭锦旗独贵特拉沙窝里的一个叫王文彪的孩子，能创出一番大事业，为家乡老百姓和更多的人谋得了福利，为社会创造了可观的物质和精神财富。

《走西口》的民歌如泣如诉，流传甚广。王文彪的先人曾经唱着这小曲，从陕北府谷移居到了阴山下库布其沙漠边缘，种一片沙地，放几只羊，繁衍生息。二十世纪五十年代末出生在沙窝里的王家二小子文彪，是吃沙拌饭、睡沙铺盖长大的。365天，可能300天都在刮沙子。沙区百姓生病得不到及时救治，孩子到了十三四岁也上不了学，谁家要想盖一栋像样的房子，要用马拉骆驼驮三年才能备足砖瓦材料。他从自然饥荒到社会灾难中挣扎过来，通过艰难的求学才挣脱了沙窝进了城，当上了一名国家行政干部。

　　二十世纪八十年代末，政府以承包经营的方式竞标管理库布其沙漠中的盐场，28岁的王文彪毅然丢下了所谓金饭碗，成了沙漠盐场的厂长。盐场曾被称为鬼地方，无路，无电，无水，无通讯，无设施。1988年王文彪当厂长的第一件事就是治沙绿化、保护企业。他决定每年从每吨产品利润中提取5元钱用于生态绿化，并成立了专门的林工队常年为企业治沙绿化。为了让企业的产品走出沙漠，王厂长和员工们历经3年，修起了一条65公里长的沙漠公路，却被一场沙尘暴掩埋了。沙漠是个顺毛驴，你只有顺着它，它才听你的话。他给公路穿上"防护服"，以绿化带防止风沙侵袭。那时，他连选树种都不会，从国外引进一批沙漠适生树种，20多种抗沙植物试了个遍，可结果并不如意。他只好走访大漠深处，向牧民取经。一种在沙漠里长得又多又好的叫甘草的药用植物，似乎让他找到了金钥匙。在沙窝里长大的他，曾承袭先人的生财门路，用手刨过沙地里的甘草，卖了钱换来书本和求学用品，或填充辘辘饥肠。于是他开始和员工们在公路两侧挖沙坑，种植了20万亩以甘草、沙柳、杨树为主的绿化带，不但护住了路，还为企业带来了收益。路延伸到哪，哪就能绿化好，他陆续在沙漠上建起了多条纵横贯通的公路，为盐场带来了可观的经济效益。

盐场升级为亿利资源集团，其主导产品市场占有率达到了世界第一。

而就在2009年，王文彪却决定壮士断腕，关闭净资产已达9亿元的盐场，开始走以生态建设为主的沙产业道路。他的沙产业模式为：农牧民以沙漠荒地入股，以劳务有偿种树，企业用经济林和中药材做绿化，农民有收入，公司有钱赚，生态有改善，一举多得。牧民向集团承包治沙绿化，比如栽活一棵杨树，第一年可得报酬30元，第二年30元，第三年30元，牧民通过集团受益于国家的生态扶持政策，当地数万农牧民的生存环境和生活水平得以改善。

十年九旱，年年春旱，是库布其沙漠的自然气候特征，以往的植树造林均须一次种植，多次补植，造林成本远大于其他条件较好的地区。王文彪独辟蹊径，通过与多个国内外科研机构合作，建立了沙漠研究所，引进多个技术合作项目。2010年他们成功研发出了水冲植树、甘草平移等专利技术。采用水冲植树法比普通植树成本节约十几倍，效率提高30倍，成活率高达90%。一支数万人的绿化大军，日复一日，年复一年，一棵树一棵树、一丛草一丛草地扩展着，以路划区，分而治之。终于，绿色锁住了广袤的库布其沙漠的四周，并逐渐向腹地渗透。一条防沙护河"锁边林"犹如绿色长龙雄踞在黄河南缘，使沙漠生态得到良好修复。亿利资源企业，也逐步成长为内蒙古乃至国内培育的一家沙漠治理、沙漠新能源、沙漠新材料、沙漠天然药业的沙漠绿色经济企业。创业24年,坚守库布其沙漠,种植人工林一百五十多万亩,甘草一百多万亩,亿利资源探索出了一个政府政策性支持、企业产业化、公益化投资,农牧民市场化参与和多元投资、多方受益的发展机制,创造了通过改善自然促进经济的可持续发展模式,实现了民生、环境、经济、发展的共赢。

在阴山南北,在鄂尔多斯高原,尤其在库布其沙漠方圆数百里,这位大漠之子以他的见识和贡献,获得了众多老百姓的口碑赞誉。从规模宏大的治沙种树,建设现代的富裕新村,到市场良好的甘草药业,到沙漠光伏产业,到七星湖国际旅游业,加上旗下的金威建设、能源开发等产业的拓展,王文彪和他的亿利资源集团,赢得了诸多全国及国际荣誉。古诗中风吹草低见牛羊的草原风光,正是阴山脚下库布其沙漠远古时的写照,经历了战乱纷争和滥垦滥牧,历史的风沙使这里沦为沙漠,被称为死亡之海。王文彪用24年的创业史证明,沙漠是可以变绿的,沙区老百姓是可以致富的,沙漠的阳光产业是大有可为的。

当初,他饱受过沙漠的折磨,励志要改善沙漠恶劣的生态环境,毅然回归生他养他的家乡,实现库布其沙漠变绿洲的梦想。一个放羊的孩子,生于沙漠中的普通牧民家庭,"长本事"后最终没有远走高飞,逃离贫困的故土,虽穿梭于当今花花世界和国际高端场合,却依然是一棵茂盛的沙柳或沙枣或胡杨树,扎根于库布其地脉的血液中,守护着家乡的土地,为缩小贫富差距,替勤劳善良的一方父老兄弟姐妹和社会民众造福。他怀揣的是对家乡热土的眷恋,对沙漠绿色经济的执着,对党和政府的感恩,对父老乡亲的热爱与悲悯,秉承着一种坚韧、坚毅、坚强、坚守的精神,在这里从风华正茂的青年走到了成熟练达的中年。

"亿利资源,绿动无限",是他们的理念。在现代城市化的文明进程中,如此的生命价值观可歌可泣,令人从内心景仰。

独贵特拉夜话

沐浴着长河落日的霞光,驱车从库布其沙漠公路拐入一侧的独贵特拉新村,一排排欧式风格的别墅群出现在眼前。不必错愕,这不是度假村,也不是城里富豪的乡间别墅,而是当地普通农牧民居住的村落。同行的人说,王文彪的老家就在这片村落里。

叫作羊柴的苜蓿状的植物,在庭前开满了紫色的花朵,花香弥漫。这家男主人叫高毛虎,是位皮肤黝黑的中年汉子,女主人调侃说,他就是沙漠中的老虎。踏入别墅的客厅，装修美观质朴，沙发、电冰箱和平板彩电等摆设，与城里人家也没有什么区别。茶几上还摆了大块羊肉、炒糜子和奶茶。

听着来客对主人住舍的赞叹，毛虎用浓重的土话说，劳动致富嘛，国家政策好，亿利带动得好。我土生土长，过去靠放养几只羊、种六亩沙地维持全家六口人的生计，苞米豆子产量低，一年辛苦下来落不下几个钱，最多两千块。住的是低矮的土房子，屋里没值钱的物什。树栽不活，沙进人退，昏天黑地。刨野生甘草卖钱上学，要走出几十里的沙窝子。进出沙漠没路，牧民骑骆驼，汉人拉毛驴，去几十公里外的县镇最快得一天，还得好天气。十几年前，两口子开始到亿利生态项目打工，早晨5时出门，晚上10时左右回家，一年从几千块钱到几万块钱都挣过，虽然辛苦总算看到了希望。后来在路旁种树，到黄河南边护河林带打工。我把土地流转给亿利搞规模经营，承包种植四千亩沙漠，连续几年都完成了任务，每年雇佣二三百工人，是河南、甘肃、宁夏等地来这打工的，我也当老板了。亿利的钱给得痛快，打工的一月能挣四五千块，我也不少挣，一年十几万，在独贵特拉像我这样的有几十户。环境好了，政府在这里盖起了移民新村，我只花了12万元就住上了小二楼别墅。

女主人抢过话头说，我们家靠的是男人的脑子和手，女人的嘴巴和腿，带人种树治沙变富了。我从小饿得捡过死羊头吃,沙漠外头人家来库布其沙窝子里找媳妇,说是跟捡牛粪一样,没人瞧得起。你看,如今这脖子上手上戴的金货就值上万元。过去少吃缺喝,没有钱花,一家男人女人常打架,现在忙着干活挣钱,小曲也唱上了。娃们念书,看病买药,再不用跑到几十里外,出门就是学校和医院。

毛虎家的儿子读的是煤炭专业,女主人希望儿子也成为亿利的一员,为乡亲和社会谋利。正说着,一个高大英俊的小伙子从门外进来,这正是他们的儿子。小伙子坐在一边,听父母与客人说话,脸上露出了微笑。

已是掌灯时分,主人硬是留客人用餐,客人们婉言谢绝,与主人辞别。出村路上,回望村头坐落的公益化的亿利东方学校,一片灯火,学生们正在上晚自习,周围很沉静。库布其沙漠绿洲之夜,夜色美丽。

沙产业风景线

甘草,被称为百草之王、沙漠之宝、软黄金,自古以来就是传统中草药不可或缺的品种。在浩瀚的库布其沙漠,甘草被农牧人倍加宠爱,由野生到人工种植,拓展了潜力无穷的沙产业链条。甘草片,甘草制剂,是许多患者就诊处方中熟悉的药名,既有好的疗效又价钱低廉,深受普通消费者的青睐。

亿利制药基地坐落在鄂尔多斯近郊。洁净的环境，现代的设施和先进的流水线作业。电脑视频监控，每一个细小的环节都尽收眼前。技术人员介绍说，电脑信号接通政府药监机构，每一个批次的技术参数都会保证质量要求。亿利资源的天然药业，在沙漠适宜地方大规模种植既能防风固沙又有药用价值的甘草药材，找到了治沙和沙产业的突破口，整合了优秀的中药、蒙药生产与经营企业，甘草、苦参、锁阳、麻黄、苁蓉、黄芪、马齿苋等几十种沙旱生药用植物正被开发利用，甘草医药产业规模已达50亿元。

车子在沙漠公路边停下来，路边就是一片甘草与沙柳共生的滩地。甘草枝叶低矮，根系沿地皮繁衍。而沙柳和其他树种，占据的是甘草生长空间之上的空间，可以共享墒情和空气阳光，和谐共处，互不侵犯。地下种植甘草，地上种植可再生能源沙柳，已在整个沙漠治理区域大面积推广，为天然药业和清洁能源的发展奠定了基础。

在库布其沙漠北缘的清洁能源基地，正兴建并陆续建成以沙柳等为原料的新材料工厂。厂区路旁的蒿子梅，在秋阳下开得五彩缤纷，喜气诱人。高效的热化学转化技术，将沙柳等生物质能转化为可燃性气体，用于民用燃气、供热、发电以及合成其他化学品的原料，实现一体化产业。亿利资源采取开放多元的投资战略，联手中国泛海、浙江正泰等多家优势民营企业，打造一个集新能源、新材料、生态碳汇林于一体的极具沙漠绿色特色的产业基地，发展沙漠太阳能全产业链，沙漠生物质能、碳基复混肥、乙二醇等绿色能源项目，实现沙漠产业的绿色循环发展。试制的成品，呈墨色，作为生物新能源清洁实用，可加工成固体燃料或肥料。来源于沙漠，回归于沙漠，沙柳等植物的枝干变成再生肥料，又促进沙生植物的生长。如同落叶化为腐殖土，而绿色生生不息，一代代的生命老去，又换来新生命的生长，且取之不尽，用之不竭，正是大自然之所以伟大而得以永生的奥秘所在。

沙漠种植利润微薄，每年仅三千多万元，远不能支撑巨大的沙漠治理投入。而沙漠天然药业、生物质能源、沙漠旅游产业、现代农业等沙漠绿色经济的造血功能，则正在显现沙漠经济的生机和希望。这些产业尽管刚刚起步，造血功能还不是很强，但有望开启沙漠宝库。亿利资源集团通过产业集群规模化、股权投资多元化、循环经济一体化，引领沙漠绿色经济，开拓绿色空间。清洁能源产业，一旦与沙漠生态建设有机联姻，将是美丽的，有生命力的。

塞外秋阳普照，白云舒卷，膜板耀眼，风桨飞旋，让库布其沙漠绿洲平添了几分诗情画意的动感。库布其沙漠中缺水，唯一不缺乏的是阳光，拥有大把大把自天而降的灿烂如金的阳光，是大自然无偿的恩赐。笔直宽敞的沙漠公路两侧，可以望见一大片一大片闪光的太阳能膜板。它们和庄稼一样，成行成畦，吸吮着太阳的光芒和热量，通过奇异的通道化为电能，为暗夜带来光明，为现代文明社会的诸多环节带来动力。路旁的路灯，不少地方安装有风力发电与太阳能发电的装置。驱车于库布其，偶尔从头顶飘过一片湿润的云彩，便有零星的雨滴洒下来。或许在稍不留神之际，云彩酝酿成满天的乌云，瓢泼大雨降临，浇灌着每一片草叶，和每一个库布其人的心田。这是沙漠绿洲小气候的效应，使库布其沙漠不再那么冷酷无情，不再那么狂躁不安——绿色使它变得善解人意，变得温柔可爱了。

神奇的七星湖

公路边有一沙两湖的标识牌，可见是一处登高望远的好景点。这里地势稍高，尤其是踩着被雨淋湿的软软的明沙，缓缓登上高高的沙丘，视野最为开阔。沙丘酷似一匹安静的骆驼，让来访者站在它的背上远眺，发思古之幽情，念自然之奥妙。沙丘南北，各有一颗明镜般的眸子，便是二湖了。

库布其沙漠景区有七个湖泊，名为天鹅湖、爱情湖、大刀图湖、珍珠湖、月亮神湖、太阳神湖、神海子，宛若七星北斗，镶嵌在大漠绿洲之间。由此形成亿利资源的七星湖国际旅游体验观光区，向游人提供大自然原始生态的游览与精神享受。在一片片绿洲之间，仍有高低错落的一处处沙丘，是所谓的明沙，即寸草不生的沙坡。民歌里唱的"三十里的明沙二十里的水，五十里路上我看一回妹妹你，哎哟哟，直把哥哥跑成个罗圈腿"，说的就是这种沙坡。治沙绿化，难以在数年内彻底覆盖明沙，得让退出历史舞台的沙老虎有回旋的余地。再说，沙漠本是大自然神奇风貌的特征，在审美上有它不可取代的价值，绿洲中的沙丘正满足了游人的观光需求，作为绿洲的参照标本也是不无意义的。湖面风生水起，绿波荡漾，水鸟飞旋，鱼翔浅底，湖上有游艇，湖边沙坡上有人骑马骑骆驼，绿树丛中有小木屋，无论爱情之旅、亲情之旅，还是独自旅行，摄影绘画写生，都可以在这七星湖徘徊畅想或静默沉思。七星陪伴，似人间天堂，美妙无穷。

在一家"草原欢迎你"的招牌后面，是蒙古族牧民新村的游客之家。店主斯仁巴布，是一位蒙古族青年，他用标准的普通话介绍说，过去他们住在沙窝子里，不通路、不通电，除了养羊没有别的收入。离沙漠外有八十里地，上学骑骆驼到什拉召才有路，然后骑着寄存的自行车到学校，牧民们还得再走二十里才能到独贵特拉，买的生活物品雇车拉回什拉召，再骑骆驼回家，往返得两三天。六年前，他搬进了亿利盖的牧区新村，过上了城里人的生活，脱离了游牧生活方式。企业给盖了标准化的养殖棚圈，养羊一点也不用愁。原来的沙地入股，每年分红。种树种草种药材，参与亿利资源沙漠治理，每年有三四个月是企业生态工人，一个月六七千元的劳务收入。一半房屋自己住，另一半接待游客，自己生产的肉食、奶食和蔬菜，直接就能卖好价钱。他还承包了旅游项目，为游客牵马拉骆驼，每年收入七八万元。说着，斯仁巴布的脸笑成了一朵花。

　　亿利资源实施生态移民以来，陆续将原本散居在大漠深处的牧民，迁移到了生态环境和生活条件良好的库布其沙漠边缘，建起了牧民新村。他们彻底结束了游牧漂泊不定的艰苦生活，开始了集约化生产和定居生活。农牧民从沙漠走出来，让沙漠有了休养生息和自然恢复的时间，加之大规模飞播和植树种草，使大漠腹地自然修复能力增强，人与自然和谐相处在这里得到了有益的尝试。

　　驱车驶入繁花似锦的蒿子梅簇拥的大道，迎面是一尊高大的雕塑，五个木桩伸开枝叶的手掌，托起蓝色的地球。森林，是五个木字组成，五木是地球的生命，绿色是人类的肺脏。一端可以透过清清的湖水和草地，望向远处的沙山，一端通向库布其国际沙漠论坛永久会址，国际化的七星湖酒店。沙漠色调，草原民族风格，简朴庄重，也不失典雅华美。一旁是金字塔形的太阳能建筑，用来补充电能，另一旁是沙漠博物馆，沙漠的历史变迁，沙漠里的草木虫鱼飞禽走兽一览无余。酒店大堂，有红裙女子在弹奏优雅的钢琴曲。

这是一座多功能高品位的沙漠酒店和国际会议中心，有沙漠温泉、沙旱生植物展示、世界沙漠博览以及四季生态园，由风能、太阳能发电供暖，生活洗浴用水来自地下温泉，交通用太阳能电瓶车和快艇，是全国首家在沙漠建成的全新节能模式酒店。今年，七星湖旅游接待中外高端游客，预计将达到十几万人次。

天上有北斗，沙漠里有七星湖，美哉，人与天地自然。

黄河之弦

库布其沙漠沿黄公路的北端，便是母亲河黄河。亿利黄河大桥飞架南北，天堑通途，宛若巨大的弓弦，黄河涛声便是汹涌澎湃的现代交响。河水涌流湍急，伸向秋阳下的东方山川，然后南下深邃的晋陕峡谷，再折向东流入海。阴山耸立，静静地目送黄河远去。黄河边，有被遗弃的铁浮桥的残骸，它在守望着昨天，为今天默默祝福。

九曲黄河，没有在这一弓形的弯曲中驻足，回首怀抱中的库布其沙漠，好像在微笑着说，你变成绿洲了，变成熟了，再也不像以前那样，向我撒沙尘了啊！

在库布其沙漠北缘的黄河南岸，亿利资源集团依托立体式绿化方式，建设了一道全长242公里的防沙锁边林带，用绿色屏障牢牢锁住沙漠，遏制了数以亿吨飞入黄河的流沙。同时，本着"多采光、少用水、高技术、高效益"的原则，引进以色列等国内外先进技术，变沙漠为良田，发展沙漠现代农业。大堤内是一片辽阔的沃野，苞米在敛籽，葵花扬起了千万张金黄色的面孔，期待晚秋又一个丰收的季节。

2012年9月4日，联合国环境规划署在中国库布其沙漠发布了《全球环境发展报告5》（中文），对全球绿色发展和人类绿色未来具有重要的指导意义。它选择在中国库布其沙漠发布，旨在向世界分享和推介中国库布其沙漠生态建设模式。中国亿利资源企业，在多元化力量共同应对环境挑战方面展现出的变革性思想和坚定的行动，对世界其他国家尤其是面对荒漠化挑战的国家和地区有着积极的借鉴意义。

告别库布其沙漠，离开鄂尔多斯市区时，在亿利资源集团的文化广场上，也向一尊尊历代的医祖和药王像深深鞠躬。不带走一片云彩，带走了一件农牧民新村妇女赠送的"亿粒沙"沙雕手工艺品，一个少女在起舞，是用库布其沙漠的普通沙粒做的。还有一件礼物，是新结识的朋友送的一把心爱的马头琴。

库布其，绿色琴弦。一曲苍凉凄美变奏为万马奔驰的现代交响，已经在中国北方的绿色屏障间轰鸣。

吃罢后晌饭，便对老母亲说，我去凹里转转，径直出了没有一丝风的村巷。

阳光一直很好，对于庄稼人来说，却并不见得是好事情，渭河北原去冬今春的干旱，让乡亲们焦心不止。

望着崖畔上一片光秃秃的田地，莫不是刚种了玉米的地，走近一看是麦田，麦子仅有一寸多高，也照样挣扎着出了穗子。按节令，清明过后六十天就该搭镰收割了，但自从去年白露后麦子下种，几乎没看过一场像样的雪和透雨，多年已经没有这样的旱象了。好在一些保墒的埝窝地，麦子还有收成，但显然不及往年。僻背处有几片油菜，却长得十分旺盛。有人后悔，如果去年把土地流转给专业户栽果木，一亩地还净得三百五十元，这回不划算了。人算不如天算，在靠天吃饭的旱原上，尤为如此。

走过旧日的小学校，没有了门窗的窑洞教室设置了栅栏,是作羊圈用的。散落在自然村的小学校,近年来被兼并到了三五里地外的行政村或一二十里外的镇上,农家子弟上学的路变远了。大多孩子随打工的父母到城里借读,有的大人在城里租了房子陪孩子读书,个别坚守的小学校甚至是三个老师教一个孩子。我五十年前曾在这旧小学里念过五年书,唱过一首叫《王二小》的歌:"牛儿还在山坡吃草,放牛的孩子不知道哪儿去了"。眼下,村里最后一头牛也绝迹了,更不用说马、骡子、驴,家畜已彻底被机械取而代之,犁耧耙耱,收割碾打,全部租用机器,费用年年看涨。牛草长成了柴火,也无人拾掇。但在沟对面的小山上,仍可以看见有羊儿在那里吃草,点缀了寂静山村所剩不多的诗意。我问过牧羊老人,退耕还林不是禁止放羊吗?他说,草场多,政策上管得松了,不碍事。再说,一只好羯子,就是被阉割后的公羊,能值几百上千元,每天赶着几万块钱流动,也算养家的生计。

　　我转到老三的果园里,因清明前后的倒春寒,核桃和樱桃结得寥寥无几。桃子和山楂的花期,所幸躲过了强降温,指头脸大的果子结得繁实。青杏挂在枝头,我摘了两颗尝鲜,酸得透香。听老三说,他经营的几台修水利的机械设备,贷了款项,老庄基的复耕工程接近尾声,慢慢把目标放在了育苗种树上。承包和租种的地里育了核桃苗子,在网上寻找商机,今年春上一株卖到三四块钱,还供不应求。如果守候在土地上,有高产值的农副产品,不至于一亩地产值三四百元,有谁还情愿背井离乡进城打工呢?问题是眼下的土地仍不值钱,人们在城乡间徘徊,一些土地的主人,对快速地城镇化措施心存疑虑,还没有想明白。传统的乡村,难道要被消亡吗?

走过旧宅院的老槐树下,曾经人欢马叫的晒场,由于人们迁居到了交通便捷的原上,这里变得寂寥了。啄木鸟在节奏响亮地叩问老树,捕捉蛀虫。旧宅院栽了花椒树,待到秋里,只有留守村庄的老者才肯去采摘,换钱贴补家用。迁居的新宅院也有三十年了,但见不到一棵三十年树龄的树木,大多被树贩子弄到了城里装饰街景,离别故土,怅望异乡的天空。即使迁居到了原上,那条水泥路早已牵引着庄稼人躁动的脚步,让他们寄居在繁华城市简陋的工棚里,夜夜都让梦回来,打开门锁,探望属于自己的家。

一位堂叔父,正蹲在旧宅院的地里种花生。他当过兵,从煤矿上退休回到村里,独自带着小孙子过活。他用塑料地膜铺了干涩的田地,用小铲子在上面戳了缝隙,小心地用搪瓷缸子伸进桶里,舀着从窖里挑来的水,浇入泥土的缝隙,再点入花生豆,手抓着从炕洞里掏来的草木灰盖上。我也帮不上什么忙,递去一支烟点着,和堂叔父说话。天色暗了下来,才等他仔细又忙碌地做完

傍晚村景

和谷

阳光一直很好,对庄稼人来说,却并不见得是好事情,陕西渭北塬走冬夏春的干旱,已令乡亲们焦心不过。

望着崖畔上一片光秃秃的田地,莫不是摊种了玉米的地,走近一看是麦田,麦子仅有一寸多高,也照样挣扎着出了穗子,按节令,清明过后60天就该搭镰收割了,但自从去年白露后麦子下种,几乎没得过一场像样的雨和透雨,多年已经没有这样的早象了。好在一些保墒的窖窝地,麦子还在收成,但显然不丰旺。春耕地有几片油菜,却长得十分旺盛。有人后晌,如果去年把土地流转给专业户栽果木,一面地还净得350元,这回不划算了,人算不如天算,在靠天吃饭的早原上,尤为如此。

走过旧日的小学校,没有了门窗的颓圮教室设置了栅栏,是作羊圈用的,散落在自然村的小学校,近年来被并到了三五里外的行政村或二十里外的镇上,农家子弟上学的路变远了。大多孩子随打工的父母到城里借读,有的大人在城里租了房子陪孩子读书,个别驻守的小学校甚是三个老师教一个孩子。我50年前曾在这旧小学里念过五年书,唱过一首叫《王二小的歌》:"牛儿还在山坡吃草,羊儿不知道哪儿去了"。眼下,村里最后一头牛也跑逃了,更不用说牛、骡子、驴,家畜已彻底被机械取而代之,那鞍配配鞴、收割碾打,全都租用机器,费用年年看涨,每天只看着太阳出,无人拾捡。但在向对面的小山上,仍可以看见有羊儿在那里吃草,点缀了寂静山村所剩不多的诗意。我向过牧羊者人,退休还林不是禁止放牧场吗?他说,草场多,政策上管得严了,挑拣一只好羯子,就是被阉割割的公羊,能值几百上千元,每天都会几百块钱流水的,养家家的生计。

我转到老三的果园里,因清明前后的倒春寒,桃树和樱桃结得寥寥无几。桃子和山楂的花蕾,所幸躲过了强降温,指头指大的果子结得繁实。青杏挂在枝头,他搞了两颗蜜砖,酸得透香,味老三说,他经营的几台缘水利的机械设备,贷了款项,老庄基的复耕工程接近

尾声,慢慢把目标定放在有苗种树上,承包和租种的地里育了桃椒苗子,在网上寻找商机,今年春上一棵卖到三四块钱,还供不应求,如果守候住土地上,有高产值的农副产品,不至于一前地产值三四百元,有谁还情愿背井离乡去越界打工呢?问题是眼下的土地仍不值钱,人们在城乡间徘徊,一些土地的主人,对大跃进式的城镇化措施心存疑虑,还没有想明白。传统的乡村,难道要被消亡吗?

走过旧宅院的老槐树下,曾终人欢叫的晒场,由于人们还回到了交通便捷的原上,这里变得寂寥了。啄木鸟在节奏响亮地叩问老树,捕捉蛀虫。旧宅院栽了花椒树、待到收获,只有留守村庄的老者才肯去采摘,换钱贴补家用。迁居的斯宅都也有30年了,但见不有一棵30年树龄的树木,大多椽材版子弄到了城里装饰铺面,离别故土,怅望乡的天空。即使还留到了原上,那条水泥路子已奉引趋庄稼人踩的脚步,让他们寄居在繁华城市简陋的工棚里,夜夜都让梦回到了开门,探望属于自己的园。

一位常叔叔父,正蹲在旧宅院的地里种花生,他当过兵,从煤矿下退休回到村里,独自带着小孙子过活。他用塑料地膜铺了干爽的田地,用小铲子在上面敲了雏瞬,小心地用塘瓷缸子倒进桶里,舀普从音里挑来的水,渗入泥土的缝隙,再点入花生豆,手抓着从坑涧里掏来的草木灰盖上。我也帮不上什么忙,递去一支烟点着,和堂叔父说话。天色晚了下来,才夺他仔细又忙碌地做晚农事,一起服辞走,顺着弯弯曲曲的小路上原回家。

村口晒场上,有一阵音乐和咯咯的笑声传来。我看见在一片晚照的掩映下,有三五个妇女在那儿学跳舞。她们也许是趁进城打工间歇,回来生养孩子,或者是儿女大了,远走高飞了,她们在家独享晚年。面前是深沟土原,远山如黛,晚风徐徐吹起,音乐融入了飘散的炊烟。

树杈间的布谷叫了几声,天边出现了湿云,有零星小雨溅起了一丝土腥味。村巷里,听见村人搭讪的话语,不是说吃了没有,而是说,看来明儿该下一场透雨了。

关山行

朋友约请我去一趟阎良。我问啥事，他说没事，就是瓜下来了，来尝尝。

瓜是甜瓜，我小时候叫它梨瓜，又称小白兔，香而脆。在城里多年，很少能吃到香而脆的小白兔，多是那种瓷实的北京梨品种，皮厚实，没味道。阎良的甜瓜，让我找回了童年的滋味。我只知道阎良出飞机，这才明白这里还是甜瓜基地，田野上是瓜的海洋，道路旁甜瓜堆积如山，车水马龙，风也是甜的。广告上牌子叫"蜜霸"，霸气十足，可见是甜到家了。

生长甜瓜的这片土地，也生长过苦涩与悲壮。战争与和平，曾经在这里交替重复，是雄奇的历史，也是民族的记忆。关山、武屯、栎阳，一座座历史文化名镇，蕴藏着大秦帝国和大汉王朝的遗风。关山不见山，是取关隘要塞之意吧。倒是有北原，也叫荆山、荆原，桃园中的农家饭，有一种野餐的快活。武屯，无疑乃兵家必争之地，有商鞅塑像傲然屹立。车行过栎阳旧城，绿野阡陌，只能遥想大风起兮云飞扬的刘邦的传说。在旧城西边尚有一座低矮的古桥，以为在沧桑中河床已淤塞，仔细看却依然有涓涓流水，历史一样似乎从来没有断流过。就像在关山中学看学子们表演民间蹩鼓，沙场之魂魄，遗风不减。

邻近的富平是个大县，二十世纪五十年代曾划归铜川管辖。因为它邻近，我的亲切感却疏忽了对它的造访。在旧县城，那些柱础一类老石头，在诉说着已经灰飞烟灭的广厦曾经有过的辉煌。阿宫腔在颓败的旧院里一声声漂流，我似乎听到了宫女的哀号。出租车驶过砖铺的巷道，现代人也还没有完全与旧梦断绝关系。不忍登上望湖楼，因为那荷花掩映的湖水早已干涸。旅游开发，老县城潜力无限，随处都是宝啊。

到了陶艺村，让人开了一回眼。绿树丛中，有民间陶艺作坊，有美国、日本、澳洲等陶艺展馆。民间艺人在现场劳作，外国艺术家把他们的艺术主张用中国的泥土糅合在一起，民族的，外来的，传统的，现代的，在这里展示得琳琅满目。连同陶窑形的建筑，丰富多彩的陶艺作品，与脚下的土地贴得多么近。

太阳很热，我们一行沿绕关中高速公路回城。带了阎良甜瓜，还有当地的精神土特产。

故园石羊

已过小雪节气，渭北土原上还不见落雪，到了晌午仍是暖洋洋的。我让三弟唤了堂弟，开着自家的小型铲车，从邻村端回了有两吨重的一尊石羊。兄弟几个费了好大劲，才把这件宝物安放在故园的石榴树旁。黄亮亮的阳光下，石羊神气十足，跪卧在初冬湿润的泥土上，那么安详温和，有一种回归家舍的惬意。

还是在秋分的时候，我居住在老家乡下，有天见到邻村的姨弟。他说，大哥，那个石羊你还乐意要不？主人说想把石羊赠予你，也算"完璧归赵"。他供娃念书有难处，你给资助点费用，他就感谢你了。我说，行，谢谢他，你拉过来，作为回报，我会帮助解决孩子读书费用的。

前几年曾去邻村，村上有过方圆盛传的财东"大房里"。一般农家住土窑洞，"大房里"住的是雕梁画栋的大瓦房，骡马成群，地有数百亩，日子过得滋润。后来家道中落,留下来的只有"柱顶石"了,且胡乱遗弃在一旁被当作无用之物。我把它看作宝贝,弄来十数块柱础石,在园子里围着祖传大碾盘当石凳用。

　　姨弟见我对老石头有兴趣,便领着去看邻家收藏的一尊石羊,说是在地里埋了几十年,前些年才刨出来见了阳光。石羊有半人多高,一两千斤重量,经年风雨剥蚀,只能大致看出羊的模样,却不失简朴纯正之美。我想起了先祖老陵里曾有过这样一只石羊,神圣地立在地畔上,老人说,那只羊到了夜深人静,会拉着整个山原旋转,拉得太阳从东原上冒出来。我童年时,还调皮地骑过那只石羊。之后,老陵被平为田地,石羊也随之消失。

　　保存石羊的主人说,是在破"四旧"的年月,老古董都被砸,他凭着复员军人的一身力气,找人搭伴从邻村村头把这石羊拉回来埋在地下,抢救保护下来。我推测,这尊石羊即老陵里的神物。作为后人,我动心了,盼望石羊在故园里安息,和石槽、石磨、石碾盘、石碌碡、石门墩、石臼、捶布石、柱础石一起,供人瞻礼。"石器"时代业已远去,传统农耕时代渐行渐远,城镇化一天天走近,它们总是祖辈除了永远不老的土地之外遗留的实物,值得珍重。内心也曾忌讳陵庙的灵物,不宜放置于家舍。但又一思忖,如今有哪一件古物不是来自地下呢。

陕西同官地方志与和氏家谱记载，和姓先祖在秦汉时代被同化之前属渭北桥山一带羌族游牧部落。羌笛何须怨杨柳，羌人从字面上图解，即羊人，放羊人，还有一个甩羊鞭子的潇洒的姿势。石羊，便成了先祖崇尚的图腾，在演变为农人进入农耕文明时代之后，一直秉承这个物种勤苦善良的天性，让它守在祖陵。若干年后陵地化为良田，一年一料麦子，旱涝保收。近年，羊在村里所剩无几，多是为了给留守老家的孩子喂羊奶而饲养的——养羊老汉的儿子儿媳，也就是孩子的父母都进城打工了，买奶粉昂贵，也怕城里掺假的奶粉害了下一代。当然，我所眷顾的石羊，不可能挤出鲜活的奶水，但一定有一种营养元素在斑驳的石头上闪光，通过观赏者的目光渗入梦想的心灵。

石羊终伫立于和氏后人的园子里，以物证的凿凿之言，以牧羊人浪漫而幽怨的羌笛，以庄稼人悲欣的挽歌，对周围的阳光空气和来访者说些什么。

我拍了石羊的图片，在电脑上放大，想从丝丝纹纹的石雕上读到历史的叮嘱。突然，有一只贝壳化石跳入眼帘，哎哟，这哪里是千年的石羊，它是从遥远的古海中诞生的生命，从文明的源头游来，越过了漫长的岁月，来到了今天的阳光下。

故园石羊，是比家谱或地方志更为鲜活的史实。源远流长的故国文明，已经凝结成恒久的固体，也融解为不灭的种子，厮守着不老的充满生机的土地，拥抱又一个春天。

故园石羊

和谷

已过小雪节气，渭北土原上还不见落雪，到了晌午仍是暖洋洋的。我让三弟唤了柴草，开着自家的小型铲车，从邻村拖回了有两吨重的一尊石羊。兄弟几个费了好大劲，才把这尊宝物安放在故园的石楠树阳光下。石羊神气十足，蹲卧在初冬湿润的起土上，那么安详温和，有一种回归家舍的慰意。

还是在秋分的时候，我居住在老家乡下，有天见到邻村的胞弟，他说，大哥，那个石羊你还乐意要？主人想把石羊卖给你，也算"完璧归赵"。他惦记着书有难处，你给资助点费用，他就感谢你了。我说，行，谢谢他，你拉过来，作为回报，我会帮助解决孩子读书费用的。

前几年曾去邻村，村上有过方圆盛传的财东"大房里"，一同。后来家道中落，留下来的只有"柱础石"了，且胡乱遗弃在一旁被当作无用之物。我把它看作宝贝，弄来十数块柱础石，在园子里围着祖传大碾盘当石凳用。

姨弟见我对老石头有兴趣，便领着去看邻家收藏的一尊石羊，说是在地里埋了几十年，前些年才挖出来见了阳光。石羊有半人多高，一两千斤重量，经年风雨剥蚀，只能大致看出羊的模样，却不失简朴纯正之美。我想起了先祖老陵里曾有过这样一只石羊，神秘地立在地畔上，老人说，那只羊到了夜深人静，会拉着整个山原旋转，拉得太阳从东原上冒出来。我童年时，还调皮地骑过那只石羊。之后，老陵被铲平为田地，石羊也随之消失。

人搭伴从邻村头把这石羊拉回来埋在地下，抢救保护下来。我推测，这尊石羊即老陵里的神物，作为后人，我动心了，盼望石羊在故园里安息，和石槽、石碾、石磨盘、石碌碡、石门墩、石臼、捶布石、柱础石一起，供人瞻礼。"石器"时代业已远去，传统农耕时代所行渐远，城镇化一天天走近，它们总是祖辈除了永远不老的土地之外遗留的实物，值得珍重。内心也曾怨诽陵庙的灵物，不宜放置于家舍。但又一思忖，如今有哪一件古物不是来自地下呢。

陕西同官地方志与和氏家谱记载，和姓先祖在秦汉时代被同化之前属陕北桥山一带羌族游牧部落。羌笛何须怨杨柳，羌人从字源上图解，即羊人，放羊的姿势。石羊，便成了先祖骚动的图腾，在流变为农人进入农耕文明时代之后，一直秉承这个物种勤恳善良的天性，让它守在祖陵，若千年后陵地化为良田，一年羊麦子，旱涝保收。近年，羊在村里所剩无几，多是为了给买奶粉昂贵，也怕奶里掺假的奶粉害了下一代。当然，我所容顾的石羊，不可能挤出鲜活的奶水，但一定有一种营养元素在灵敏的石头上闪光，通过观赏者的目光渗入梦想的心灵。

石羊伫立于和氏后人的园子里，以物证的微噩之言，以牧羊人浪漫而幽怨的羌笛，以迂腐人悲欣的挽歌，对周围的阳光空气和来访者说些什么。

我拍了石羊的图片，在电脑上放大，想从丝丝纹纹的石雕上读到历史的口吻。突然，那只贝光化石映入眼帘，哎哟，这都古海中诞生的生命，从文明的源头游来，越过了多少岁月，再到了今天的阳光下。

故园石羊，是比家谱或地方志更为鲜活的史书。源远流长的故园文明，已经凝聚结成恒久的固体，也蕴藏着不灭的种子，厮守着不老的充满生机的土地，拥抱又一个春天。

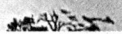

这片玉米地，早先是晒场，当回乡知青时，夏夜里趁好风扬场，白天晾晒麦子。白驹过隙，四十年如风吹散，满世界辗转了一圈，我又重新站立在这里，已是白发人矣。

柿子黄了，枣子红了，耙好的田地如同熨帖的土布挂在层层沟坡上，等待雨过天晴播种麦子。老父亲去世后，原畔的老苹果园几近荒芜，自然生长的果子小而繁密，坠落了一地，等杂果商来收购，至多几毛钱一斤。老果园旁边一片平整的玉米地，在秋风的摇曳中渐渐泛黄了，老母亲有病还操心她的玉米，催着子女们趁空掰回来，颗粒归仓。

播种时上足了茅厕的底肥，小苗出齐后，老母亲在三伏天挪着小凳子锄过一遍草，赶上好雨水，玉米就疯长起来了，分蘖，抽穗，吐缨，敛籽，眼看着就是一料好收成。秋分过后，渭北土原在早晚间感到了凉意，加上*丝丝*缕缕的细雨，乡野秋声多了几分寂寥。秋天，总归是一年中最为绚丽的一季，酷暑与寒冬之间的黄金季节。小雨稍微停歇，我和弟妹几个去原畔掰玉米。

沉默许久的镰刀、镢头、麻绳、竹笼、编织袋和架子车，被派上了用场。牲畜被农业机械取而代之，空余碾场用的白生生的碌碡被沉重地搁置一旁，晒场便复耕种了辣子或玉米。地畔发黄的玉米秆上，成熟的玉米棒子已垂下谦卑而安然的头颅，墒好的地中心还是一片青绿，掰开襁褓似的玉米包皮用指甲掐一掐，黄亮亮的排列有序色泽匀称的颗粒坚硬瓷实，也熟透了。轻使手腕，玉米棒子便脱离枝秆的母体，一瞬间，发出一丝清脆悦耳的声响。鲜亮的金色，是由玉米本身放光的，一缕缕的金黄色集聚起来，似一车子满载的耀眼黄金。

祖辈世居的这片山原，由游牧转为农耕谋生，耕读传家，已越千年。主要作物是冬小麦，也种棉花，可以纺线织布纳衣做鞋。油菜芝麻榨油吃，也用来点灯照明。除了买食盐和日用品，富裕户买绸缎或银镯子，大多自给自足。早熟的大麦是给骡马的饲料，谷子糜子豆子高粱一类杂粮，是人畜的补充食物。而玉米，在土原上种植的历史也就半个多世纪。二十世纪五六十年代，土原上始种玉米，乡人称玉麦，有红玛瑙、马牙等品种，生长期短，较麦子和糜谷豆类产量高。主要用作牲畜饲料的玉米，加上红苕，却为迅猛增长的人口提供了果腹的食物。孩子多的农家缺吃的，就吆骡子驮上石磨或背上布鞋粗布，偷偷去偏远的北山换回玉米。我十六岁时，和父亲拉着架子车，装载千斤重的炭去百里外的泾河边，仅换回半口袋玉米。

去年玉米熟了，老母亲不愿打搅子女们，自己悄悄去掰，累了坐在小凳子上歇歇，几天工夫掰完用编织袋装好，叫上孙子开着农用车拉回来，又一粒粒剥了，晒干簸净，盛了几麻袋。只是磨了几回玉米糁子，吃不完就送人，其余卖了一二百元。老母亲舍不得的这一亩玉米，雇用机械淘粪、犁、耧、耙、耱加上化肥，已花费一百二十元，锄草防虫和收割脱粒最少按六个工算，每劳动日八十元，已有六百元成本。两架子车的玉米棒子，估计有六百斤颗粒，一斤卖一元二角，纯利润百元左右，盘算不周就赔本了。眼下老母亲病了，走不到玉米地里，只好使唤子女们收割了。

贫瘠的渭北旱原是靠天吃饭的小农经济，比不了人均百亩的平原大农场，更比不了美国谷物博士种植的千亩玉米的巨额财富。人均一二亩地的土原，如果没有高产值的农产品，比如高端果木、温室大棚、名贵药材及现代绿色养殖，土地是养活不了人的，何谈富裕。邻村的苹果品种优良，采用滴灌保墒，施肥剪枝，疏花疏果，精细料理，一亩地收入几千上万元。同样的土地，村上的苹果树已经老化，不懂疏花疏果的技艺，经管粗放，任其自然生长，也只能收获下贱果酿醋了。

玉米棒子掰回家，堆在房檐下，需要手工剥颗粒，玉米芯可用作柴火。但大多人家已不用柴火烧炕，靠电褥取暖，做饭也多用电磁炉了。地里的玉米秆得连根铲掉，堆放在地畔角落。过去用来喂牲口，是上好的饲料，如今家畜绝迹，只能付之一炬，让它直接在地头化为肥料，重归泥土，物尽其用。焚烧秸秆有点奢侈，也污染大气甚至妨碍天空中周游地球的飞行器。别说作饲料，那些与庄稼人为伍的"出气长毛不言语"的朋友已经在土原上消失殆尽，牛马驴骡长什么模样，连村里小孩子也只能在看图识字的教科书里去寻找了。一些在城市幸福中长大的聪明透顶的孩子，苹果手机玩得猴精，却从未踏入过乡间苹果园一步，可怜的是不明白香甜可口的玉米棒子是从田地里而并非从超市长出来的基本生活常识。

老母亲已年近八旬，知道子女们把她的玉米掰回来了，地里的玉米秆也腾挪干净，放下心了。她不只是喜欢喝玉米糁子，是慰藉于把自己亲手种的食物一小袋一小袋地给子女和亲戚邻家们分享。要紧的是怕过路的邻家说，谁那片田撂荒长满了草，脸上挂不住，丢人哩。也是饿怕了，总惦记"囤里有粮，心里不慌"的家族古训。说超市里买回的玉米糁子不香，还是自己地里种的味道好。自给自食的农业文明的生活形态，已经在老一辈庄稼人灵魂里扎了根，直至离开尘世。

翌日清晨，我起了个早，仔细挑拣了几串颗粒饱满且闪烁光泽的玉米棒子，高高擎过头顶，悬挂到房檐下，以留作来年春播的种子。

不变的，是牵挂

田庆林

年近花甲，我便有了归田的愿望，在老家整饬了废弃的小学堂，时常回来居住。徜徉园中侍弄花木菜蔬，量晴校雨，探节数时，体察四季风物。也于窗下读读写写，浏览博客微信，并未隐逸世外桃源。或许是地气所致，每到夜深人静，常常有朗朗的读书声响彻梦乡。

我所乡居的旧小学，是二十世纪七十年代末修建的，砖木瓦屋，曾陆续有上百名孩子在此念过书。撤并学校后，这自然村的小学便废弃了。比这早的小学堂是村头的两孔土窑洞，我是在那里读初小的，如今被当作羊圈了。父辈读书时，近在五里外的邻村，远则二三十里的镇上，交几斗小米算是学费。祖父辈之前，便是私塾学堂了。百年的乡读历史，就这么匆匆而去，像被风吹走了。

有暇找出家谱重温，寻觅千年的家族耕读梦。我和叔父续修的新版本，梳理了一个家族的流变史，权当本土社会文明进程的一个切片。和氏先人属渭北羌族，牧羊人也，秦朝时被同化，元代定居于此务农。

家谱序一，出自清道光三十年（1850年）先祖潮手笔，时称"恩贡例授徵仕郎，吏部候选"。科举时代，凡遇皇室庆典，于岁贡外加选一次作为恩贡。这位先祖尽管一直没真入仕做什么官，境界不失高迈，序说"尝思家之有谱，犹国之有史，与邑之有志也。余和氏世居同邑上圩峪村，为盛族，礼仪淳良之风甲于一乡"。

序三作者时雍为增生，是廪生有限而增补的生员，说"光绪三年，二麦数升收成，糜谷虽种，五六月之间旱则苗槁矣"。时雍公"糊口于甘省地土，将期而归。著有《野处杂俎》四卷，八十余犹作楷出数百，卒年九十一"。现存旧家谱由此公书写，墨香犹存，其工整美观，令爱好书法的我辈为之汗颜。

旧家谱仅留下几处续笔的文瑄公，是我曾祖父之兄。十五岁即在私塾教书，学历为清增生，陕西师范学堂肄业，时任同官县建设局长、煤矿业同业公会主席。1929年冯玉祥在陕主张编写陕西新志，文瑄公被聘任为采编，1944年版《同官县志》秉笔者。西北大学教授黎锦熙任总纂，序称"和君文瑄等共为之者也，深悉邑故，相处一室，时经三月，昼夜督印，和君独任校仇"。时遇日军飞机轰炸西安，文瑄公为刊印县志历尽艰险，成书后积劳成疾病逝。

如今，在城镇新居民社区，许多新盖的水泥平房的门楼匾额上,通常嵌有类似古宅的"耕读传家"四字,可见民望所归。祖辈秉承治家古训,或耕织自给,或舌耕育人,著书立说,熏陶了一代代后人的德行。耕田可以事稼穑,丰五谷,养家糊口,以立性命。而读书可以知诗书,达礼义,修身养性,以立高德。既学做人又学谋生。乡人所敬重的读书人,所谓乡村知识分子,大多处于世俗中心,是明白事理的士绅与乡贤。

家谱史籍记录的时代,凡农家子弟能够在社会生活中崭露头角的,均通过科举的途径来显现。秦汉时期的世卿世禄制与察举制,无不与门第阀阅即家世功劳紧密相连,而通过较为公平竞争的方式取士的制度,则顺应了历史的潮流。从隋唐开始,朝廷开设科目,士人自由报考,以成绩取舍官员选拔。应考士子通过县试、府试、院试,到乡试、会试、殿试可谓序列严密。唐太宗主持殿试时,自得地宣称:天下英雄尽入吾彀中矣。历代统治者正是通过科举手段,实现其笼络人才、牧驭天下的愿望。不惟门第,择优录取,国家机器源源不断地获得新鲜血液的补充。同时赋予人通过考试向社会上层垂直流动的机会,保持了官僚阶层的知识化,抚慰了民众追求社会公平的心态。

"孤村到晓犹灯火,知有人家夜读书。"科举大盛,读书重学蔚然成风,王公贵胄、黎民百姓无不砥砺子弟勤勉读书。但在"春风得意马蹄疾,一日看尽长安花"

的金榜题名背后，尚有许多老书生抑郁而终。揭竿而起的黄巢，曾不第后写有"冲天香阵透长安，满城尽带黄金甲"赋菊诗。清末停废科举，实施向学堂的转变。随之，五四新文化运动兴起，开启了一个崭新的时代。

半个多世纪以来，偏僻之壤的小村落，和姓五百多口人，耕种近千亩旱地，虽受过灾荒年的凄惶，但大多丰衣足食，家道殷实。民以食为天，近年间农业机械取代了扶犁摇耧的人畜耕种，改良麦种，科学施肥，又风调雨顺，公粮免征，吃饭不成问题了。当过村干部的小弟流转了几十亩地经营苗圃，虽有风险，但比单一种粮食增加了收益。农闲时村人进城打工挣钱，盖了新房，男婚女嫁，供养孩子读书。家教、家风、家学，与传统民间文化一脉相承。

不过，和氏人老几辈，接受高等教育者屈指可数，祖父和父亲只读过私塾或小学，终生务农也心安理得。我在土窑洞里读完初小，到镇上读高小和中学，读完大学留居省城。儿子对老家只略知一二，清华大学毕业去美国读博士后，在异邦谋职生活，孙女也是在那里出生上学，肯定听不懂老家方言了。与儿孙天各一方，聚少离多，有忧虑亦有慰藉。女儿在求学，盘算将来做什么好。我的弟妹们读过中学，均在老家种地，或进城打工，供侄辈和外甥们上大学，尽管毕业后也算城里人，多是打工仔，但与土地有扯不断的瓜葛与挂牵。清明给先人上坟，年节团聚于寂寥的故园，叙说城镇化的信息，怀乡与乡愁也渐渐袭上新一辈人的心头。

  我原打算在旧学堂办小书屋，转念一想，乡亲们大多外出打工，农忙时节或遇红白喜事才匆匆回来几天，便作罢。村里尽是留守老人，仅有的几个孩子，都在自然村以外的学校读书或上幼儿园。从春暖花开到秋收寒露，我得空蛰居故园旧学堂，时有邻家小学生，眼睛滴溜溜地，蹑手蹑脚窜进园子玩耍，偶尔也溜入书房浏览，我便感觉很受安慰。

  多年前，我刚从大学毕业回乡几天，豪情万丈，主动让在此读小学的小妹给当教师的婶娘说，我要给孩子们教歌。也就在这座瓦屋里，和着悠扬的口琴声，唱的是"蓝蓝的天上飘着白云，我们的心里多么欢乐"。那美妙纯真的歌声，绕梁遏云，至今仍回响在我这白发人的耳边。

渭河流淌

和谷

大雨如注,老家的槐树叶梢开始滴水,屋檐串起珠帘,土路上的牛蹄窝儿也溢满了泥水,与庄稼人额头上的汗水交融在一起,形成无数的涓涓小溪,汇入沟壑深处的季节河。然后被漆水、石川河接纳,融入黄河最大支流渭河。

我曾踏访过渭河源头,鸟鼠山的一线天是大禹的鬼斧神工。翻开发黄的《渭源县志》,说渭河"本禹贡鸟鼠同穴之山"。有遗鞭泉,传说李世民西征途经此地,不慎将马鞭落入泉中,后来这条鞭子竟顺流而东行,漂流到了长安城北的渭河边被人捡起。

渭河上路了,然而却是纤弱而艰难地匍匐于陇地丘陵沟壑的褶皱中。进入甘陕之间秦岭与六盘山的夹缝,渭河一改以往蹒跚而舒缓的步履,突然变成了一个左冲右撞的猛士,推开巉岩,惊涛拍岸,湍流跌宕,卷起千堆雪。终于,渭河纵身一跃,以雷霆万钧之势冲刺于宝鸡峡口，挣脱了崇山峻岭的挟持，悠然自得地步入了平坦宽阔的关中盆地。

几年前春夏之交的一天，西安北郊村民在渭河滩上挖沙子，突然发现了脚下巨大的木桩和石块。后经考证乃汉代的渭桥遗存。它是丝绸之路从汉长安城出发的第一座桥梁，是古代中国走向世界之桥。

咸阳古渡，为汉唐丝绸之路上的桥头堡，通陇抵蜀，车马川流不息。诗人王维，有一天送朋友去西北边陲，写下了一首题为《送元二使安西》又名"赠别"的诗篇：渭城朝雨浥轻尘，客舍青青柳色新；劝君更尽一杯酒，西出阳关无故人。后有乐人谱曲为"阳关三叠"或"渭城曲"。唐代从长安往西去的旅人多在此送别，然后踏上漫漫丝绸之路。

像一个人的生命，古老的渭河拥有过稚气童年和花样年华。历史上最早的农官后稷，在中游一带"教民稼穑，树艺五谷"。渭河的血液，静静地输入农作物的根须、茎干、叶脉，在花蕊中绽放，凝结于饱满的颗粒中，幻化为金黄的麦浪。不仅滋养了两岸一代又一代，哺育了沿岸炊烟袅袅的乡村和繁华亮丽的城市群，也造就了名垂青史的千年古都长安。

依傍渭河的关中平原上大小河流纵横，为浇灌五谷和人的生存提供了水源，始有"关中自古帝王都"的特殊地位。然而有一天，随着渭河上漂流的唐帝国大厦坍塌的栋梁东去，中国的政治中心东移，宋元明清以降，依傍渭河、曾灿烂一时的长安城被边缘化，显赫千年之后又落寞千年。但直至今天，渭河的血管里，还汩汩奔涌着周秦汉唐帝国的流风余韵。这条曾旁观帝国兴亡的河流，是多少代中国人集体书写的长卷，曾与中华民族政治经济文化跳动的脉搏偕行。

遥想两万年前，渭河沿岸草木丰茂，不仅有大象、犀牛、水牛、鹿之类的哺乳动物，而且有蚌类等多种淡水软体动物。像渭河这样水量适中、温顺驯服的河流，正适合人类的童年。也许天谙其道，欲兴中华，因此留下一个襁褓似的关中盆地让渭河发育成长。这条河流，蕴藏着一部瑰丽的史诗。

西汉时华阴双泉村曾有一座军事粮仓，渭河漕运直通长安。从那时起，船工老大为了统一船工的动作，一边喊着号子，一边用木块敲击船帮，这就是老腔的由来。民间艺人原生态的说唱，尽兴处吹胡子瞪眼，一条长凳成为最原始的打击乐器，其苍凉悲壮足以感天动地。源自渭河的民间艺术源远流长。

而在高陵船张村附近，一条来自北方的河流与渭河相会，这便是泾河。泾河与混浊的渭河拥抱时仍能见到它清澈的一半，所谓"泾渭分明""泾清渭浊"。诗人杜甫曾慨叹：去马来牛不复辨，浊泾清渭何当分？

生活于渭河两岸的先祖们是明智之辈，早已把握了治理身边这条河流的经验,与其耳鬓交接、和谐相处了。渭河由西向东横贯关中平原,干流及支流泾河、北洛河等,均有郑国渠、白渠、漕渠、成国渠、龙首渠等灌溉之利。半个多世纪以来,在治理渭河干支流河道的同时,一系列大型水利工程陆续问世。宝鸡峡灌区兼顾防洪、发电和生态给水,成为大粮仓。眼下,关中城市群经济圈的生命线依然是渭水。

  关中平原是渭河缔造的,是由亿万年来自上游沟壑的河流裹挟的泥沙囤积而成。作为一条季节性明显的河流,渭河变化无常,水患频仍。渭河流域大部分为深厚的黄土所覆盖,质地疏松且多孔隙,易被水蚀。加之历史上长期滥垦乱伐,以及广种薄收、单一经营的农耕方式,水土流失严重,使渭河成为一条多泥沙河流。上游的层层截流和灌渠分流,往往使宽广的河床仅剩下一条蚯蚓似的小溪。即使在汛期,也经常细若游丝。上游来水锐减,生态环境恶化,河流生命受到威胁。

  在河流作为农业的唯一水源、农业作为经济的唯一内容时,水源的消失对一个经济区的打击无疑是毁灭性的。渭河变得性情暴虐,翻手为旱,覆手为涝。因防洪基础脆弱,渭河在六百多年间先后发生洪灾二百多次。

  二十世纪七八十年代,渭河的水还很清澈,水清鱼跃的河流养活了众多的打鱼人,一天可以打二三十斤鱼。九十年代以来,人为的污染破坏使渭河逐渐恶化,河水变臭了,打鱼的人家只好转移到小浪底一带。广厦如林,城市在膨胀,道路在扩展,渭水这条在身边流淌了千年的母亲河,则积劳成疾。上游干了,中游臭了,下游淤满了,以致失去了生态功能。渭河生命的衰竭,让生活于这方土地的人们惶惑难安。在经济发展的同时,如何尊重、爱护、善待并融汇自然界的河流,守望生命的本源?

改善生态环境,也为给子孙后代留下一河清水,渭河全线综合治理工程拉开了大幕。上起宝鸡峡渠首引水枢纽,下至渭河潼关入黄口,干流河道和支流均纳入治理范围。渭水清,无疑是沿岸人民的福音。蔡家坡龙湾古码头,是《诗经·国风·秦风·蒹葭》的产生地。蒹葭苍苍,白露为霜;所谓伊人,在水一方。如今这里芦荡绵延,荷花如许,游人络绎不绝。在沿岸的多处生态景观区,清澈的水面,无论安谧还是喧腾,云蒸霞蔚或烟雨朦胧,静如处子或动如脱兔,总是充盈着一种诱人的诗情画意。一条拥七千余亩的生态景观长廊,横亘于西安城北的渭水之滨,重新唤醒了昏昏欲睡的渭河,使凋敝的河流重返青春的容颜。

当漫天的云彩化作雨滴,溪流汇入大河,流水一旦润泽饥渴的河床,这条灵性的河流便生龙活虎,重新亮相于天地之间。纯粹、柔软又刚硬的渭水,融千般情怀,化万古烟尘,沉静地观览着现世,对未来充满祈望。生活于渭河流域的人们，其遗传的血脉中一直流淌着华夏文明生生不息的精神元素。护佑渭河，就是珍爱我们自己身上的血液。

渭河，在我心上流。

渭河流淌

和谷

田间话絮

雨水时令过后,渭河北原却下了一场透彻的大雪,洋洋洒洒,让人尝到了乍暖还寒的味道。归时雪满故园路,两道曲曲弯弯的车辙在引我回到老家。这么盈尺厚的雪,别说在春初,也就是在数九寒冬也是罕见的。农谚说,干冬湿年,这话没有灵验。尽管是姗姗来迟了的春雪,也足以使庄稼人开心,丰年有了指望。

雪霁之后,屋檐上的冰凌在滴答着晶莹透亮的水珠,积雪的边缘也在滋滋地融化,阳光下的雪水便泥泞了乡间的土路。麻雀和喜鹊的喳喳声,摇落了柳树、桐树、核桃树枝丫上的残雪。半晌工夫,朝南的向阳山地便将雪白的绒毯变戏法似的化为乌有,湿漉漉的田坡在暖阳下酣畅地呼吸着,一片氤氲的气象。

在坡路的拐弯处,我碰见了碎爷。他在祖父辈位小,唤他碎爷。他扛了一把锃亮的锄头,说是去地里转悠。我和碎爷一起走过守护着老宅的古槐旁,远远就看见五叔弓着腰在油菜地里忙活。油菜是去年秋后种的，不畏严寒，从越冬到入春一直是绿油油的，稍遇暖风即绽芯抽薹子。待到山原上的水桃花、杏花、杜梨花露出粉白的眉眼，油菜地便金黄璀璨，招蜂引蝶，点亮寂寥了一个冬天的穷乡僻壤。

碎爷在油菜地边荷锄而立，与五叔搭讪着，探节数时，量晴校雨，其舒坦的话语是雪霁晴朗的自然氛围所赋予的。五叔拿一把小铲，在茁壮的油菜丛中剜荠荠菜和茵陈芽子，说是咬春尝鲜，也可用来喂鸡的。在老家，牛马骡驴业已绝迹，猪狗羊鸡也很少有人养。知道五叔抽烟，恐怕也是村上最后一位抽旱烟的老汉了。我敬上一支烟给五叔，他却板着脸说，我不吃纸烟，好烟烂烟一个味儿，不如我的旱烟锅子。

五叔就地畔坐下，与碎爷拉话，我成了一个插不上言的旁听者。他们说，大油菜籽比小油菜籽产量高，但不香，味儿不正。买的混合油在热油锅里不见增量，好的纯菜籽油会膨胀变多。我发现油菜地里栽了不起眼的一排排小花椒苗，青色的，刺儿尖锐。五叔说，种的油菜是自己吃的，不算经济账，人家一亩花椒能收入几千元，干椒湿椒有人上门来收购，种麦也就三五百元，不值钱。花椒中的大红袍收益好，但没有难伺候的老品种狗椒吃起来香。记得几十年前，全村仅有沟畔上的一树狗椒，别说椒籽，就连椒叶子也被捋光了。谁家油锅里放入几粒花椒,满村人都闻到了香味儿。是人的味觉迟钝麻木了,还是花椒退化抑或变种了?是谁给老花椒起的名字,为啥叫了个"狗椒"?

我问,这些年麦子普遍增产,啥原因?碎爷说,机械化耕种,土壤深翻了,底肥化肥跟得上,合理密植,种子也改良了。早先牲畜犁地浅,粪土效力低,籽种近亲繁殖,当然产量少,吃不饱肚子。碎爷用脚蹭着路边密匝匝的野燕麦苗,说这东西自生自灭,却从来没有断种。

若算计经济账,种麦子的收益一年也顶不了一个月进城打工的收入,庄稼人是念及对土地和粮食的与生俱来的情感,才不忍心撂荒生存的根本。而流转规模化经营、生态观光、美丽乡村的前景,近在咫尺,亦艰难繁复。知道一沟之隔的孟姜原村桃业兴旺,桃农致富,又在建造秦人村落观光旅游景地,碎爷和五叔皆满头白发,却仍心中鲜花。

沟对岸,背洼洼里的残雪在春日下泛着光,不日会冰雪消融,毕竟,春分之后就是清明了。碎爷和五叔说,山挡不住云,树挡不住风,节气不饶人,神仙也挡不住。

初冬时节，家乡耀州的朋友约我，一起登上渭河北岸的将军山。

渭河乃黄河最大支流，从陇原冲破西秦岭，徜徉于关中平原上，在潼关汇入黄河，折流东去。在古都咸阳和长安的北部，依次雄峙着九嵕山、嵯峨山、爷台岭、将军山、庙山，层峦叠嶂，沟壑纵横，与南部的大秦岭遥遥相望。

将军山屹立于耀州区与富平县境交界处，南麓往西不远处是简陵，是唐懿宗李漼陵墓，地处庄里镇山西村紫金山下。初秋时，随文史调研人员踏勘过简陵及唐十八陵，满目一派萧瑟气象。高大雄奇的石刻翼马从酸枣刺丛中跃出，仰望着昔日的神道和陵山。一旁是层层梯田和荒坡，留守老人在忙着摘花椒。听说简陵的北门，在耀州区境内的石马岭，因满山石马得名。

从耀州城出发，途经药王孙思邈故里孙原镇，在惠原村农家乐吃了一碗饸饹，即驱车上山。途中望见的将军山一侧，是开采矿石呈现的灰白断面，让人不禁忧虑。登临将军山之巅的路径，得曲里拐弯地绕到高处的山后，从南坡缓缓攀爬上去。区县交界的一段道路显然坑洼不平，进入富平县曹村地界，经过一个名叫丑村的地方，再到柴峪，村村通的水泥路面煞是舒心，路旁耸立着太阳能路灯，屋舍崭新，显示出美丽乡村的容貌。这里是富平的北山地带，村庄坐落于山梁凹地，梯田环绕，背靠高耸入云的将军山，是一处好风水的田园。

将军山南北附近的地名，有庄科村、小原子、渭弯里、怀庙、远庄、安村、马村、枣儿村，皆是自小就听惯了的村名，与老家的小村子南凹只是一道或几道沟梁的距离。祖父在世时，领我翻山越岭去过怀庙、远庄，一个是祖父的舅家，一个是老姑家。前几年父亲过世，老姑家的后人还来祭奠过。小弟在那里用铲车推地平整农田，还在老亲戚家吃过饭。百年的亲戚，血脉的勾连，是不易割断的传统乡土社会的情感纽带。说到行政区划史，富平县域曾归属长安京兆府华原耀州及之后的铜川市。连接彼此的便是将军山及锦屏山、宝鉴山一脉，北麓的漆沮二水合抱于耀州城，汇入石川河而被渭河接纳。一方水土一方人，风俗相近，方言相同，性情也相仿佛。

童年时，站在家乡的山梁上，周遭望得见最远最高的山，呈笔架形，俗称笔架山，也叫将军山。至于它的来历，何谓将军山，知其一二，是到了成年读书之后才晓得的。花甲过后，回归故里，几乎踏遍了方圆百里的家乡，搜寻乡邦文献，挖掘历史文化底蕴，为家乡转型全域旅游策划文化产品，唯独没有登临自小就仰慕的将军山。是的，我尽管来迟了，毕竟来了，了却平生一大心愿。

从柴峪攀爬上山，山路崎岖，却也不显陡峭。此刻，阴冷的雾霾被抛在川道里，山麓之上是一片明丽冬阳，风儿也温凉可人。低矮的蒹葭摇曳着满山的花白，经霜的草木姹紫嫣红，呈静止的波浪式漫过流线型的山脊。途中路旁的一棵百年老柿树，繁华落幕，无一片树叶，满枝桠上挂着小红灯笼似的柿子，血红血红的果实，美不可言。一斤柿子收购价为一两元钱，乡人采摘运送，一天挣不了几十元钱，不如打工划算，也就任其自生自灭，留给小鸟一饱口福了。可它无疑是馈赠给旅行者的珍贵礼品，任你尝鲜拍照，把大自然的美意带回人烟辐辏的城市。曾参观过附近曹村镇的柿子博物馆，那一带的柿子产品已形成规模，远销境外，成了乡亲们脱贫致富的宝贝。等爬到半山腰，眺望双乳似的山峰簇拥着宽博的峰巅，一览众山小，遥遥相望东部苍茫的家山原野，不由得朝着空旷的山谷与远山呐喊放歌，一吐胸中块垒。此刻的呼吸，是难得的舒畅的清气。

明朝乔世宁《耀州志》记载，"将军山，王翦祠在焉",乃秦时王翦屯兵演武之地。王翦,关中频阳东乡即今陕西富平东北人,"翦为宿将,始皇师之",先后率军征服燕、赵、楚,与其子王贲一并成为秦始皇兼并六国的最大功臣。《千字文》"起翦颇牧,用军最精",与白起、李牧、廉颇并列为战国四大名将。试想,王翦父子就是在此山麓下厉兵秣马,秦王在咸阳发出号令,此山呼声震天,六十万赳赳老秦,黑压压潮水一般越过函谷关,横扫六国,建立强大秦帝国,使华夏从分裂割据走向大一统万里江山。有趣的是,王翦统军出征时向秦王"以请田宅为子孙业耳",出关前又连续五次求赐美田,其用意在于表明除田宅之外别无他求,借此消除秦王怕他拥兵自重的疑惧。王翦一生征战无数,智而不暴,勇而多谋,后因功晋封武成侯,急流勇退,荣归故里,得以善终。

攀至山顶,有一座石砌的窑洞睁大眸子守候。这便是秦帝国大将军王翦庙,将军山因此而得名。称为将军山的大山,在哈尔滨、南京、肇庆、贵阳、阿勒泰等地有多座,高大威武,雄伟坚毅,象征着军事强国的历代英雄气概。脚下的这座将军山,敦厚质朴,沉默无言,屹立在渭河北岸的崇山峻岭之巅,守护着大地的安宁,传承着保家卫国的崇高精神。附近乡人修建的土庙,粗粝而简约,与骊山下气势恢宏的秦兵马俑馆相较,有天壤之别。兵马俑的面孔,大多临摹自秦兵生前的模样,

将军山遐想

和谷

初冬时节，家乡耀州的朋友约我，一起登上渭河北岸的将军山。

渭河与黄河最大支流，从陇原冲破西秦岭，携挟关中平原土，在潼关汇入黄河，折流东去。在古都咸阳和长安的北部，依次逶迤着九嵕山、嵯峨山、香台岭、将军山、蒲山，层峦叠嶂，两翼纵横，与南部的大秦岭遥遥相望。

将军山屹立于耀州区与富平县境交界处，南麓往西不远处是陵前，是唐懿宗李漼简陵墓，地处庄里镇山西村紧金山下。初秋时，随文史调研人员赶赴这简陵脚下的十八陵，满目一派游眷气象。高大雄奇的石刻翼马从殷麦剌丛中跃出，倔犟着昔日的神道和陵山，一旁的是皇陵梯田和瓜棱。留守老人在忙着摘花椒。听说简陵的北门，在耀州区境内的石鸡的。因漫山石马得名。

从耀州城出发，是轻有扑朔思虑故事处，途原是往农家军吃了一碗饴饹，即驱车上山。途中望见的将军一侧，是开采矿石呈现的灰白断面。让人不禁忧虑。皇陵将军山之魏的器检，得由甲径弯延绕到山上的山路，从陶坡缓缓螺旋上去。区县交界的一段跨陵铁洼不平，进入富平县曹村境界，经过一个叫丑村的地方，再到爱晚，村边的水泥路面愁犹疑之心，路劳坠着太阳能路灯，凝金群新。显示出美丽乡村的容貌。这里富平的北山地带，村庄坐落于山梁回地。视田环绕，背景高贵人云的将军山，是一处好风水的田园。

将军山南北侧走的地名，有住村村、小原子、渭青里、怀庙、远住、安村、马村、枣儿村，曾是自小就听惯了的村名了，与老家的小村子有凹凸是一道峡儿道内里的距离。祖父在世时，顿我翻山过岭去过怀庙、远住、一个是祖父的肉家、一个是老姑家。前几年父亲过世，老姑家的自人还来奔丧吊唁。小时在哪里用铲头铁地找早家吃过该。百年的承载、血肉的勾连，是不易剧断的传统乡土社会的情感纽带。说到行政区划变迁，富平县城曾归属安京或华阜原耀州及的铜川市。连接彼此的便是将军山是怀庙的地名，一方水土一方人，风俗相近，方言相同，性情也相庇持。

童年时，我站在家乡的山峦上，周遭望得见最远最高的山，有在村小，周遭村子的凝望得见最远最高的山。有在村小，也向将军山。至于它的来历，阿谁将军山，知其一二，是到了夜在村后才晓得一二。花甲过后，回归故里，几乎随处了方圆百里的村子，把大目光的美意带回人了新之间文化脉，为家乡村留全城故始落刻文化产品，地处以村子和尼踪身的将军山，是我个晋未访了，虽未来了，了却平生一大心愿。

从柴始攀爬而上山，山路崎岖，却也不显陡峭，此刻，狮下的山峦与昨日川遗望，山麓之上是一片明朗冬阳，凤儿也温凉习习。低矮的柔荫摇晃着满山的花白，绿野的草木皆郁，显静止的波备武登过疾线型的山下，途中飘动看一娘雀数色栗，紫叶嘉慕，无一叶凋叶，满枝枝上挂着小红灯笼般的柿子，血红血红的果实，美不可言。一斤柿子收购价为一两元钱，乡人采摘运送，一天挣不了几十元钱，不如打工划算，也就任其自生自灭，留给小鸟一饱口福了。可定是服道城市人的意外惊喜的珍贵礼品，压你荒胩的胃肠，把大目光的美意带回人了新之间的市，曾梦见过附近村庄的将子博物馆，那一带的村子有了形成规模，远销城外，成了乡亲们脱贫致贫的宝贝，等见到半山腰，晚迎双乳奶的山峰便拥簇宽簇的峰巅，一览众山小，遍通相望东西否

产的家山原野，不由得朝着空矿的山谷与远山呐喊放歌，一吐胸中块垒。此刻的呼吸，是难得的舒畅的情。

明朝乔世宁《耀州志》记载："将军山，王翦祠在焉"，乃秦时王翦屯兵演武之地。王翦，关中频阳东乡陕西富平东北人，"歔为曾将，哈鲁曾之"，先祖奉军征服燕、赵、楚，与其子王贲一并成为秦始皇兼并六国的最大功臣。《千字文》起篇颂牧，刑罚最精"，与白起、李牧、廉颇并列为战国四大名将。战国末期，王翦受命引到此山顶下防兵牧马，秦王在威阳发出号令，此山呼声震天，六十万烈士者奔，墨压压潮水一般越过涵谷关，横扫六国，建立强大秦帝国，使华夏从分裂割据走向大一统。万里江山。有趣的是，王翦兵军出征时向秦王"请田宅为子孙业耳"。出发的又连续五次来喂美田，其用意在于表明除田宅之外别无地求，借此消除秦王担心拥兵自重的犹疑。王翦一生征战无数，智而不暴，勇而多谋，后因将背时武功成起，急流勇退，变回故里，得以善终。

攀军山围，有一应石砌的窑洞静大牌子阁，是王翦墓地。大牌子并不考究，村山因此而得名。称为将军山的大山，在哈尔滨、南京、满洲、贵阳、阿勒泰等地有多处，高大威武，雄伟英毅，象征着军事强国的历代英雄气概，脚下的这座将军山，敦厚墨朴，沉默无言，屹立在渭河北岸的黄土高岭之巅，守护着大地苍生与王翦家乡王国的浩浩精神。附近乡人仍继承的土俗，粗犷而简朗，与随山下气势恢宏的秦兵马俑馆格相似，有土墙之间，写马俑的面孔，大多怯眷自秦兵马俑的模样，其五官特征，音容笑貌和个性气质，不少与将军山南北麓的乡人长相酷似。地下曾埋藏震撼世界的奇迹，八方来朝，地上的子民依然泰然自若，生生不息。兴许在不远的某一天，秦兵马俑与牵系秦帝国江山岁月的这座将军山，连接成历史文化旅游线路，将是方圆百姓的福祉，也是文化产品的大手笔。

下山后搜索地图，王翦墓位于富平县东北二十公里处的到贤乡巨贤村北。天色向晚，待来日再寻访。

后记

从事文学写作四十余载,从1982年始至今,先后在《人民日报》发表散文作品计四十三篇,收束为一集,算作冬藏。也就是说,从三十岁起,文字见诸《人民日报》,眼下已是花甲之人了。

二十世纪九十年代,从西安去了海南岛近十年,也在写客岛札记,人民文学出版社出版了这一时期的散文作品,名曰《远行人独语》,但与《人民日报》少了音信。新世纪伊始又接旧缘,陆续在《人民日报》发表了三十多篇作品,基本可以窥测到作者的人生与写作轨迹。

曾经支持我写稿的老编辑们,有的已是鲐背之年的老寿星了,虽音信稀少,却也没齿不忘。

袁鹰先生是我敬仰的前辈作家,他的名篇《井冈翠竹》选入课本,给予我辈思想艺术最初的滋养。他做过人民日报文艺部主任,我与他有过几次面晤,印象很深。他是江苏淮安人,1924年出生,二十世纪四十年代进入上海《世界晨报》，后做《联合晚报》副刊编辑、《新民报》特约记者，1949年初任《解放日报》记者、编辑，后调《人民日报》任文艺部编辑、副主任、主任。出版专著多种，散文、儿童文学作品荣获全国性优秀文学奖。

石英先生，1921年出生，四川人，1937年在延安学习，后赴东北等地从事部队政治工作，曾任《人民日报》文艺部副主任、中国散文学会副会长。出版过多部长篇小说，有传记文学《吉鸿昌》等。

袁茂余先生曾到过西安，与我和贾平凹、商子雍在南院门照相馆留过影。花山文艺出版社出版有他的《孟达山之恋》。

郑荣来先生，广东大埔人，毕业于复旦大学中文系，历任《人民日报》编辑、文艺部评论组组长，中国文联出版公司文艺理论编辑室主任、常务副总编辑，《人民日报》海外版副总编辑。结集出版有《无序脚印》等。

王必胜先生，湖北荆门人，毕业于武汉大学中文系，算是同庚。历任《人民日报》编辑、文艺部副主任。曾在中国作协代表大会期间谋过面，交谈甚欢。他是我撰写的《真书风骨柳公权传》(作家出版社《中国历史文化名人传》大型丛书之一)的文学审稿专家，认为此作"论述清晰，语言简明，在对传主书法艺术的阐述和描绘中，作者下了功力，是一部有特色的传记作品。"我感谢他的鼓励。

常莉女士，曾到过西安，在渭河边的一次笔会上匆匆会面。之后约请我北上黄河大拐弯处，赶写了《库布其，绿色琴弦》，即整版刊发于《人民日报》。

与虞金星先生仅通过邮箱联系，他很热情客气。他编辑的《心香一瓣》一书为副刊精粹，巴金、冰心、老舍、沈从文、萧乾等百余篇名家悼亡怀人之作，观时代流变，感人间真情。

散文集出过多部，唯独这一部集中收入了多年在《人民日报》刊登的作品，不失为它的特质所在。这个点子，是陕西师大出版社资深编辑张建明先生出的，他曾策划编辑出版过我写的传记《音乐家赵季平》、散文集《丝绸之路档案：西出长安望葱岭》、长篇小说《谷雨》，交往甚笃，特表谢意。

　　　　　　　　　　　和　谷
　　　　　2017年10月30日西安三爻